MARCOS REY

O HOMEM QUE VEIO PARA RESOLVER

MARCOS REY

O HOMEM QUE VEIO PARA RESOLVER

Ilustrações Dave Santana

São Paulo
2022

© Jefferson L. Alves e Richard A. Alves, 2022
1ª Edição, Global Editora, São Paulo 2022

Jefferson L. Alves – diretor editorial
Flávio Samuel – gerente de produção
Tatiana Costa – coordenadora editorial
Dave Santana – ilustrações e capa
Eduardo Okuno – projeto gráfico
Maria Letícia L. Sousa e Bruna Tinti – revisão
Valmir S. Santos – diagramação

Dados Internacionais de Catalogação na Publicação (CIP)
(Câmara Brasileira do Livro, SP, Brasil)

Rey, Marcos, 1925-1999
 O homem que veio para resolver / Marcos Rey. – 1. ed. – São Paulo : Global Editora, 2022.

 ISBN 978-65-5612-286-1

 1. Literatura infantojuvenil. I. Título.

22-107167   CDD-028.5

Índices para catálogo sistemático:
1. Literatura infantojuvenil   028.5
2. Literatura juvenil   028.5

Cibele Maria Dias – Bibliotecária – CRB-8 / 9427

Obra atualizada conforme o
NOVO ACORDO ORTOGRÁFICO DA LÍNGUA PORTUGUESA

Global Editora e Distribuidora Ltda.
Rua Pirapitingui, 111 – Liberdade
CEP 01508-020 – São Paulo – SP
Tel.: (11) 3277-7999
e-mail: global@globaleditora.com.br

g globaleditora.com.br   @globaleditora
f /globaleditora   @globaleditora
/globaleditora   /globaleditora
blog.grupoeditorialglobal.com.br

 Direitos reservados.
Colabore com a produção científica e cultural.
Proibida a reprodução total ou parcial desta
obra sem a autorização do editor.

Nº de Catálogo: **3425**

O HOMEM QUE VEIO PARA RESOLVER

FILHO DE PEIXE

A diretoria do Grêmio Estudantil Álvares de Azevedo resolveu encenar uma peça teatral para inaugurar o amplo auditório de 600 lugares do colégio e o nome de Augusto Marques foi logo lembrado para interpretar o primeiro papel masculino. A peça ainda não havia sido escolhida, mas já tinham o ator. Somente uma voz rompeu a unanimidade, a de Guilherme, o secretário-geral, justamente quem tivera a ideia de apresentarem o espetáculo.

— Lauro Fontes já representou algumas vezes em companhias de amadores. É um apaixonado pelo teatro e tem certa experiência. Para mim ele que deveria encabeçar o elenco.

Mas o argumento favorável a Augusto Marques, defendido por Geraldo de Freitas, o presidente do grêmio, que vinha conduzindo a entidade com muita garra, empolgou a diretoria:

— Ouçam bem, Augusto é filho de Roberto Marques, um dos atores de palco, televisão e cinema mais famosos do país. Certamente tem a vocação nas veias.

— Não acredito muito nisso de filho de peixe... — rebateu Guilherme. — Meu pai é médico e eu vou ser arquiteto.

— Um momento — pediu Geraldo. — Vamos com calma. O que importa para nós é que a inauguração seja uma grande festa. Estão de acordo? E ela será um acontecimento se o pai de Augusto e outros artistas famosos comparecerem ao auditório. E nenhum monstro sagrado do teatro ou da tevê se abalaria para ir a um colégio ver um tal de Lauro Fontes representar. Trata-se aí de usar a cabeça e não de discutir quem trabalharia melhor, se Augusto ou Lauro.

Diante dessa argumentação, que fez Guilherme calar, a sugestão foi levada ao professor Antunes, diretor e um dos proprietários do colégio. Era um homem objetivo.

— Acham que o pai de Augusto viria para prestigiar o filho?

– Bem, a escalação de Augusto dependeria dessa condição – disse Geraldo. – Mas iremos ainda mais longe estendendo o convite a outros astros famosos, colegas de Roberto Marques.

O professor Antunes, que estava sentado, levantou-se. Não apenas aprovava a ideia como também pretendia desenvolvê-la.

– E por que não convidarmos também a imprensa? Afinal uma grande carreira artística talvez comece aqui em nosso colégio, na inauguração do auditório. O filho de Roberto Marques dando os primeiros passos num palco! É ou não é um fato para todos os jornais noticiarem?

– E para os telejornais registrarem – acrescentou Geraldo.

– Claro! A notícia vai interessar a todos os veículos de comunicação! – e como se falasse a si próprio, disse, ainda: – Publicitariamente o evento vai beneficiar bastante a escola. Notícias chamam mais atenção que anúncios pagos. Parabéns, rapazes! – exclamou. – Mãos à obra! O grêmio pode contar com todo o apoio aqui da diretoria. Se houver gastos, falem comigo.

O secretário-geral que preferia a escalação de Lauro, por já ter pisado os palcos, calou-se, mas Julinho, o vice-presidente, lembrou-se de uma possível dificuldade.

– Está tudo certo, mas ainda não falamos com Augusto. Nem sabemos se quer seguir a carreira do pai. Ele já disse a alguém que pretende ser ator?

– Para mim nunca disse – apressou-se em dizer Guilherme.

O professor Antunes mostrou certa preocupação. Uma negativa de Augusto atrapalharia os belos planos.

– Bem, nem sempre os filhos seguem a carreira dos pais. Mas quando o pai é bem-sucedido geralmente sim. O meu, por exemplo, foi o fundador deste colégio e não me arrependo de ter ocupado o seu lugar. Em todo caso a primeira coisa a fazer é convidar o Augusto.

Os rapazes do grêmio deixaram a diretoria do colégio empolgados. O que fora simples ideiazinha tomara corpo e poderia tornar-se um acontecimento de repercussão nacional. Geraldo sentia-se um pouco como um empresário de atores e espetáculos.

– Onde estará Augusto? – perguntou, no pátio.

– Aqui não está – disse Julinho olhando para todos os lados. – Talvez esteja na biblioteca aonde sempre vai antes ou depois das aulas.

– Quando não está com a Soninha – lembrou Guilherme, rindo.

O grupo dirigiu-se à biblioteca. Palpite certo. Augusto lia um livro interessadamente.

– Fale com jeito – disse Julinho a Geraldo. – Se ele recusar o papel será uma derrota para o grêmio.

AUGUSTO PRESSIONADO

Geraldo, à frente de todos, aproximou-se da mesa onde Augusto lia e logo procurou fisgá-lo, dizendo:

– Estivemos falando de você com o professor Antunes.

– Falando de mim? Ah, já sei. Ele não anda muito satisfeito com minhas provas.

– Não foi nada disso.

Augusto respirou, aliviado.

– Ainda bem. Pensei que quisesse me ameaçar com uma reprovação.

– O papo foi sobre a inauguração do auditório do colégio. O grêmio vai cuidar das festividades. Haverá balé, coro estudantil, discursos e mil badalações. Mas o ponto alto será a apresentação duma peça teatral. Foi aí que surgiu seu nome.

– Meu nome? Por quê? – admirou-se Augusto.

– Gostaríamos que você interpretasse o papel principal. O professor Antunes adorou a ideia.

Augusto recuou, rindo.

– O ator da família é meu pai, não eu.

– Mas você tem jeito pra coisa, não?

Augusto balançou a cabeça:

– Nunca representei, nem nas festinhas da igreja.

— Um dia terá de começar — disse Geraldo.

— Terei de começar? Por quê? Meu pai nunca me obrigou a ser ator. Por enquanto ele apenas quer que estude. O que já não é mole.

— Aposto que ele gostaria de ver você no palco — disse Julinho desta vez. — Todo pai vitorioso gosta que o filho siga sua profissão. O meu é cirurgião...

— E você vai ser?

— Confesso que não sinto a vocação. Mas como ele ganha muito dinheiro acho que vou na dele. Por que não, se o velho vai me abrir o caminho?

Geraldo, falando como presidente do grêmio, forçou uma resposta positiva.

— Você aceita, não?

— Como disse representar nunca me passou pela cabeça. Acho que deviam convidar o Lauro Fontes. Até na tevê ele já fez uma ponta.

— Ora, o Lauro não está sendo cogitado. Além do mais, o professor Antunes ficou entusiasmado quando mencionamos seu nome. Não é, turma?

— Isso é verdade. Quase pulou de satisfação.

— O professor Antunes? Ele que sempre foi durão comigo — espantou-se Augusto.

— Ele está empenhado em que façamos uma inauguração sensacional do auditório. Seu pai e outros artistas conhecidos seriam convidados. E o colégio convocaria também a imprensa.

— Tudo para assistir à estreia dum artista qualquer?

— Para assistir à estreia do filho de Roberto Marques! — rebateu Julinho.

Augusto não se fazia contagiar pelo entusiasmo dos outros.

— Os filhos de gente famosa no geral são uma decepção.

Geraldo decidiu falar mais seriamente. Repousou a mão no ombro de Augusto.

— Seria chato se não cooperasse — disse. — Para você tudo não passaria dum teste vocacional. E sem a responsabilidade de estrear num teatro de verdade ou diante das câmeras. Veja a coisa por aí.

Este último argumento acertou o alvo.

– Vou pensar nisso – respondeu Augusto. – Me deem um tempo, tá?

– Pense depressa – pediu Geraldo. – Precisamos dar uma resposta à diretoria.

– Certo. Consultarei meus pais a respeito – garantiu Augusto, voltando ao livro. – Mas, por segurança, seria melhor conversarem com o Lauro também.

À saída da biblioteca, Geraldo disse aos outros:

– Não conversaremos com o Lauro, não. Vamos é procurar outra pessoa.

– Quem? – quis saber Guilherme.

– Alguém que vi no pátio.

QUANDO UMA PALAVRA RESOLVE

Geraldo, seguido por Guilherme e Julinho, aproximaram-se da mais bonita colegial do pátio, que ia entrar numa das classes.

– Soninha, estamos precisando de você – disse Geraldo.

– O que foi?

– Um plá sobre o Augusto. Tivemos a ideia de convidá-lo para interpretar o papel principal da peça que vai inaugurar o auditório.

– Isso é ótimo! – ela exclamou.

– Até o professor Antunes aprovou a escolha e está pensando em fazer aquela onda pelos jornais.

– E qual é o problema?

– Augusto ainda não se decidiu. E sem ele e o pai dele, que certamente estaria presente, a festa não será a mesma coisa.

– Ele é indeciso em tudo – comentou Sônia. – Mas onde querem que eu entre?

– Queremos que o convença a aceitar o papel. Só isso.

– Acha que terei forças?

– Se não tiver, ninguém terá. Por quem é que ele arrasta uma asa?

– Vou tentar – disse ela. – Acho que Augusto daria um tremendo ator. Minha mãe diz que ele é ainda mais bonito que o pai, quando moço. Agora vou pra aula. Tchau.

Vendo Sônia entrar na classe, Julinho comentou:

– Você teve aquela ideia, Geraldo. A palavra dela vai decidir tudo.

– Vejam quem vem vindo – disse Guilherme. – E parece que ele não está com boa cara.

UMA AMEAÇA AOS PLANOS DO GRÊMIO

Quem se aproximava um tanto enfurecido era Lauro Fontes. Dirigiu-se asperamente ao presidente do grêmio.

– Espero que não esqueçam de mim para a peça da inauguração – disse.

– Já estão sabendo da peça? – admirou-se Geraldo. – Como as notícias correm depressa! Mas pode ficar sossegado. Haverá um papel para você, sim.

Lauro não ficou satisfeito com o papel dado assim como um favor. Afinal quem, no colégio, tinha mais experiência de palco que ele?

– Mas vejam lá. Pontinha não quero. Ou me dão o papel principal ou nenhum.

Geraldo decide abrir o jogo:

– O papel principal será seu, caso Augusto não aceite.

Essa possibilidade agradou ainda menos a Lauro.

– Que história é essa de caso ele não aceite?

– É que nós o convidamos.

– Por que, ele? Augusto já fez teatro?

– Não sei – respondeu Geraldo.

– Pois sei que não fez. Será que merece o papel só porque o pai é artista de televisão?

13

– Acalme-se – disse Geraldo. – A peça nem foi escolhida ainda.

– Seja como for saibam que não farei escada para ele – garantiu Lauro. – Que prove sozinho que é o bom.

Geraldo afastou-se para não prolongar a discussão, enquanto Julinho dizia:

– Se Augusto não aceitar o papel teremos de implorar para Lauro. Viu a situação?

O presidente do grêmio não se mostrou preocupado.

– Augusto aceitará. Nosso trunfo é a Soninha. E ela, não sei por quê, odeia o Lauro. O Grêmio Álvares de Azevedo vai marcar um tento. E os que não votaram em nossa chapa vão se arrepender.

O CORAÇÃO TAMBÉM SABE FAZER POLÍTICA

Augusto estava tão envolvido na leitura do livro na biblioteca do colégio que logo esqueceu o desafiador convite dos diretores do grêmio. Quando um bom romance o pegava era assim, esquecia do mundo. Descobrira o fascínio da ficção há pouco tempo e todo novo amor é sempre arrebatador. Lia em casa, na biblioteca da escola, nos clubes que frequentava, lia em toda parte. A leitura, além de lhe ensinar muita coisa e lhe dar prazer, talvez lhe facilitasse a descoberta de sua vocação. Igual a milhares de jovens de sua idade ainda não sabia que caminho seguir na vida. Mas não desejava dedicar-se a uma profissão que apenas lhe garantisse bons lucros. Queria uma que o enchesse de satisfações como no caso de seu pai. Roberto Marques ganhava muito dinheiro como ator sem sacrifício, fazendo o que gostava. Nem todos contavam com a mesma sorte. Augusto tinha um tio, economista bem-sucedido, que entre os íntimos confessava detestar a economia. Amava a música e na mocidade tocara piano, paixão que tivera de arquivar em troca duma carreira que desse resultados financeiros mais rápidos. Norteando-se por esses dois exemplos, o do pai, que acertara a profissão, e do tio, que errara a sua, um homem feliz, o outro, contrafeito, esperava não cometer engano na hora de abraçar sua vocação.

Augusto já transpunha o portão do colégio ao ouvir a voz de Soninha, sua namorada.

— Estou sabendo da novidade — disse ela. — Adorei!

— Que novidade?

— A turma do grêmio disse que vai estrelar a peça de inauguração do auditório.

— Não dei resposta — disse Augusto. — Depois há o Lauro, que segundo falam, tem jeito para o teatro.

Sônia não quis engolir esta:

— Vai deixar aquele pretensioso ocupar seu lugar?

— Ora, ele é ator, eu não.

— Quem disse que é ator? Só porque fez uns papeizinhos? Já leu o nome dele nos jornais? Eu não li.

— Eu também não li, apenas repito o que dizem.

— Mas você trabalhou na tevê uma vez, não?

Augusto riu largamente.

— Quando eu tinha 1 ano apareci num capítulo de novela nos braços de meu pai, que fazia um dos papéis. Acha que isso é trabalhar?

Sônia não achou graça.

— Se não aceitar o pessoal do grêmio ficará muito decepcionado.

— E o professor Antunes também. Imagine, o professor Antunes, que supunha que não me apreciasse muito! Mas ainda não decidi nada.

Sônia grudou o braço do namorado.

— Mas vai decidir, não?

— Logo darei uma resposta para a turma.

— Favorável?

Augusto não quis comprometer-se, mas perguntou:

— Gostaria que eu aceitasse o papel?

— Para mim seria a glória!

— Por quê?

— Porque tem a arte no sangue. Aposto que depois do espetáculo não deixará mais de representar.

— Não tenho sua convicção, ainda estou indeciso.

Sônia esfriou, perdeu o entusiasmo.

— Faça o que quiser.

— Ficará zangada comigo se eu recusar o papel?

— Eu não disse isso. Disse para você fazer o que quiser — disse ela, afastando-se.

Augusto permaneceu parado, vendo-a distanciar-se. Era a primeira vez, desde que se conheciam, que se despediam sem um beijo. Não gostou disso.

A QUESTÃO LEVADA
PARA DENTRO DE CASA

À noite Augusto decidiu consultar o pai a propósito do convite do grêmio, mas Roberto saiu após o jantar. Nunca dispunha de horas livres. Levantava-se cedo e ia à TV Mundial gravar capítulos de novela. Seu trabalho estendia-se também ao período noturno: se não estivesse interpretando uma peça teatral, estava ensaiando o próximo lançamento. Sua mulher, Lucinda, lamentava a falta de convivência entre os dois, por isso vivia planejando viagens para as férias do marido, planos que raramente se consumavam. Nem ao sítio que Roberto comprara nas proximidades da cidade pouco iam devido aos seus contínuos compromissos artísticos. Esse era motivo de desentendimento entre ambos, além de outro que Lucinda costumava mencionar, em tom de acusação:

— Ele somente gosta de estar onde possa ser reconhecido pelo público. Se ninguém lhe acena ou pede-lhe autógrafos, sente-se frustrado. Aí está porque nesses anos todos só fomos duas vezes ao exterior.

Lucinda disse certa vez numa entrevista que gostaria de ser atriz para passar mais tempo junto do marido e gozar com ele as mesmas emoções. Quando se conheceram Roberto era modesto bancário e artista amador nos palcos dos clubes e teatros suburbanos. Tornar-se profissional nem sonho era. Certo dia, por sugestão dum amigo, fez um teste numa emissora de televisão, entre muitos que disputavam um papel, e saiu-se muito melhor do que podia esperar, graças não a seu talento ou experiência amadorística, mas à sua destacada aparência física. Alto, forte, bonitão, Roberto impressionou bem, marcou sua presença, logo na primeira aparição no vídeo. Um mês depois assinava contrato com a tevê abandonando o banco. Uma sorte! Quando Augusto nasceu, Lucinda, já não precisando trabalhar para ajudar o marido, largou os estudos, embora amasse a Veterinária. Passou a dedicar-se exclusivamente ao filho e aos afazeres domésticos.

– Vai ser inaugurado o auditório do colégio – disse Augusto à mãe. –Terá 600 lugares e é mais bonito que muitos teatros da cidade. O grêmio está organizando uma grande festa.

– Gostaria de ir à inauguração com você.

– Vão levar uma peça teatral.

– Ótimo! É conhecida?

– A peça ainda não foi escolhida, mas o ator principal sim. Sabe quem é? Eu.

Lucinda sorriu e deu um conselho ao filho:

– Não vá magoar ninguém com sua recusa. Aqueles rapazes do grêmio são muito simpáticos.

– Acha que devo dizer não?

– Não foi o que eu disse. É que você nunca manifestou desejo de trabalhar no teatro.

– Não se trata de trabalhar no teatro, mãe, mas apenas de interpretar um papel numa peça do grêmio estudantil.

– Entendi. Mas por que lembraram de você?

– Creio que não lembraram de mim, mas do meu pai – respondeu Augusto, sincero. – Aquele ditado que diz filho de peixe peixinho é... E também querem convidar o velho para a inauguração. Disseram que a presença dele garantiria o sucesso da noite.

– O sucesso da noite devia ser da responsabilidade do elenco, não de um espectador.

– Então devo rejeitar o convite?

– Deve aceitar se realmente lhe der prazer. Ponha seu pai de lado. Ele certamente irá mesmo se você não estiver no palco. Simpatiza muito com o colégio.

Augusto ficou ainda mais indeciso. Num instante decidiu dizer não ao pessoal do grêmio, mas no instante seguinte lembrou de Soninha.

— Sônia também quer que eu aceite.

— Sua namoradinha?

— Outra que diz que tenho sangue de artista.

Lucinda, a cada frase do filho, sentia sua indecisão. Quis ajudá--lo, dizendo:

— Se não está motivado por que aceitar o convite? A namoradinha que tenha paciência.

— Disse que não estou motivado?

— Se estivesse estaria dando pulos e gritos de alegria. Mas, pelo contrário, parece deprimido.

Augusto entendeu que a mãe não lhe daria o menor estímulo: não gostava de carreira de ator que tanto afastava o marido de casa. Com um filho também ator sua solidão seria maior ainda. Decidiu esperar pelo pai, por mais tarde que chegasse.

DIANTE DO ATOR FAMOSO

Augusto foi para o quarto e pegou um livro, *Kim*, de Rudyard Kipling. Leu até cansar sem ouvir ruídos que anunciassem a chegada do pai. Com razão sua mãe se irritava com a sempre prolongada ausência do marido. Madrugava quando apagou a luz adiando o papo com o pai para a manhã seguinte, caso o sono e o descanso não lhe trouxessem uma decisão própria.

Augusto levantou-se bastante cedo e tomou café com o pai, que ia como todas as manhãs para o estúdio da emissora. Lucinda serviu os dois sem tocar no assunto da véspera. Saíram juntos, ele para o colégio — era uma oportunidade que não podia perder.

— Podia me deixar na escola?

— Estou um pouco atrasado.

— Pena! Tinha um assunto que...

— Está certo, eu o deixo no colégio. Vou buscar o carro.

Roberto foi à garagem e logo apareceu diante da casa com sua supermáquina, símbolo de seu sucesso profissional, e também dos

19

seus inumeráveis compromissos. Augusto entrou no carrão e aco-modou-se. Raramente ia com o pai a qualquer lugar.

— Qual é o problema? — perguntou o ator.

— Não chega a ser problema. É que o colégio vai inaugurar seu auditório e haverá uma festança.

— E querem que eu compareça. Adivinhei?

— Adivinhou. O grêmio está organizando um espetáculo teatral.

— Se me avisarem com bastante antecedência...

— Tem mais, pai. Querem que eu trabalhe na peça.

Roberto Marques voltou o rosto para o filho, advertindo:

— Não aceite figuração.

— Que figuração? Querem me dar o papel principal.

Roberto sorriu.

— Então confiam no seu taco? Qual é a peça?

— Ainda não foi escolhida — respondeu Augusto. — Mas certa-mente será coisa boa.

— Você trabalhando claro que não vou faltar — garantiu o ator.

O rápido apoio paterno não deu a Augusto a segurança de que precisava.

— Acha mesmo que devo topar?

— Evidente que sim. Mas leve a sério, não vá fazer feio.

— Acontece que não tenho a menor experiência, pai.

— E daí? Ninguém estreia já experiente. Sempre há um começo. Depois, trata-se apenas dum teatro estudantil.

— Trata-se dum auditório de 600 lugares.

— Mas ninguém irá lá para atirar ovos.

— Então devo ir em frente?

— Por que não? Quem sabe esteja aí sua vocação, seu futuro. E estando eu na carreira tudo será mais fácil para você. Ninguém lhe dirá um não. Sei como as coisas funcionam no meio.

— Já pensei nessa vantagem, mas como nunca pisei um palco...

— Agarre a oportunidade. É melhor fazer um teste no colégio do que num elenco de profissionais. O importante, para quem começa, é desinibir, perder o medo do público. O resto vem com o tempo.

— Estamos chegando, pai.

Roberto Marques brecou o carro. Alguns alunos que entravam no colégio viram a máquina e logo identificaram o ator, aproximando-se.

— É melhor ir antes que venham me pedir autógrafos — disse Roberto ao filho. — E parabéns, Augusto. Sua notícia valeu o dia para mim.

— Valeu mesmo?

— Pensa que não me preocupo com seu futuro? Agora vá que os fãs estão chegando.

O DIA DO *SIM*

Augusto saiu do carro e esperou na calçada que seu pai partisse. Alguns colegas o rodearam.

— É carro estrangeiro? — perguntaram.

— É.

— Eh, com um pai cheio da nota por que não tem uma moto?

— Não gosto de motos — respondeu Augusto, que se encabulava quando faziam menção à fortuna do pai.

Outro colega segurou-o pelo braço.

— Você tem piscina em casa?

— Tenho — respondeu Augusto. — Mas meu pai não é tão rico assim. Não acreditem no que dizem essas revistas sobre artistas. Quase tudo é bafo.

E para não prolongar esse tipo de papo Augusto entrou depressa no colégio. Ao chegar ao pátio ouviu seu nome. Era Geraldo acompanhado por Julinho e Guilherme.

— Já decidiu ou ainda está se fazendo de difícil? — perguntou o presidente do grêmio.

— Está certo — respondeu Augusto. — Faço o papel. Mas, por favor, não esperem que eu tenha a garra de meu pai. Vou fazer o possível, se não me sair bem a culpa será de vocês que bolaram a ideia.

– Muito bem! – exclamou Guilherme. – Agora já podemos escolher a peça.

– Já deviam ter escolhido.

– Não se preocupe. Escolheremos uma que lhe caia como uma luva. Trabalho nosso.

No final das aulas a notícia já correra e Soninha, eufórica, procurou Augusto.

– Então tudo certo, galã?

– Ah, você já sabe? Pois é. Vou encarar essa. Mas já disse pra turma não esperar muito de mim. Não me chamo Roberto Marques. Sou apenas filho dele.

– Você nem calcula como estou contente!

– Por que tanto assim?

– Porque é bom ter um namorado famoso, sabia?

– Famoso dentro dos muros do colégio.

– Nada disso – ela retrucou. – Já sei que vai ser feita a maior badalação! Afinal é o filho dum grande ator que estreia. Os repórteres da televisão virão em penca.

– Duvido.

– Acha que o professor Antunes perderia a oportunidade de fazer a maior propaganda do colégio? Bobo ele não é.

– Isso que me preocupa. Preferia estrear quase em sigilo. Assumir muito compromisso me assusta.

– Devia entusiasmá-lo. Nada como enfrentar um tremendo desafio.

Não era a opinião de Augusto, que jamais enfrentara um desafio na vida, mas como não concordar com Soninha que em tudo que dizia punha toda sua graça? Sentindo-se apoiado, mesmo sem sentir o fogo sagrado da vocação, tranquilizou-se.

Augusto já estava na rua, depois de ter se despedido de Sônia, quando viu Lauro, que o abordou.

– Me diga uma coisa, Augusto, vai mesmo trabalhar na peça do grêmio?

– Vou – Augusto confirmou. – Geraldo me convenceu.

– No papel principal?

– Não faço questão de interpretar o primeiro papel, mas é o que o pessoal do grêmio quer.

– Não é justo que se faça a escolha sem uma bateria de testes.

– Você está interessado no papel?

– Todos aqui sabem que o teatro é a minha gana. E estou disposto a submeter-me a testes, sim. Você também está?

A pergunta não agradou a Augusto:

– Estaria, sim, mas ninguém me falou em testes. E acho que não vão fazer.

Lauro enfureceu-se, falou alto:

– Nesse caso vou botar a boca no trombone! Espere aí. Você não pode ser escalado só porque seu pai é ator. Isso não prova que tenha jeito para o palco.

– Nunca disse que tinha.

– Não pense que as coisas vão parar por aí. Exigirei no grêmio que o elenco seja selecionado através de testes. Além de mim há outros que gostariam de concorrer ao papel.

– Está no seu direito – disse Augusto. – Fale com a diretoria. Mas não garanto que será ouvido.

Lauro sacou outro argumento:

– Quando Geraldo candidatou-se à presidência do grêmio disse que em sua gestão todas as pendências seriam resolvidas democraticamente. Sem favoritismo. Pois aí está uma oportunidade para a chapa vitoriosa demonstrar isso. Ou não?

LAURO PÕE EM XEQUE O GRÊMIO DO COLÉGIO

Lauro logo após o encontro com Augusto invadiu o grêmio que ocupava uma pequena sala ao lado do bar do colégio. Estavam reunidos Geraldo, Guilherme, Julinho e Zaíra, a encarregada de organizar o jornal estudantil, outra realização prometida pela chapa recentemente vitoriosa.

– Que história é essa de convidarem o Augusto para estrelar a peça? – Lauro entrou protestando.

– Calminha – respondeu Geraldo. – Ninguém está pondo você de lado. Vamos lhe arrumar um papel.

– Qual?

– A peça ainda não foi escolhida, mas será um bom papel.

– Por que não o principal, se sou eu o único aqui que tem alguma experiência?

– Escolhemos o Augusto para fazer uma grande badalação – explicou o Geraldo. – Convidaremos o pai dele, outros atores e a imprensa toda. Com outro encabeçando o elenco, não daria para fazermos estardalhaço, concorda?

Lauro não concordou.

– O importante é apresentar um bom espetáculo. Já pensaram num vexame diante da imprensa?

Julinho abriu o jogo:

– Mas o professor Antunes tem interesse que se divulgue muito a inauguração do auditório. Afinal, ele gastou milhões nisso e quer atrair mais alunos, ter retorno comercial. Você precisa entender que não se tratará apenas da apresentação duma simples peça teatral, mas da estreia do filho de Roberto Marques como ator. E isso dá oba-oba. Outro nome não justificaria a convocação da imprensa.

Lauro não se deu por convencido.

– O grêmio é uma entidade independente, não deve ceder às jogadas comerciais do colégio. E depois, um estreante mal preparado pode acabar com a festa.

Zaíra saiu em defesa de Augusto:

– Não pode afirmar que Augusto seria um fracasso. Ele tem uma grande pinta e tem um pouco daquela simpatia do pai.

– Quem garante que você se sairia melhor que ele? – acrescentou Julinho, agressivo.

– Um momento – disse Lauro, erguendo a voz. – Não estou pleiteando o lugar dele, não. Quero apenas que se faça um teste para a escolha de todo elenco. Democraticamente. Vocês não falaram tanto em democracia quando apresentaram a chapa para dirigir o grêmio?

Os diretores se entreolharam, consultando-se.

– O que dizem? – perguntou Julinho.

– Digo que já temos um compromisso com o diretor da escola – respondeu Geraldo.

– Mas antes já tinham um compromisso com o eleitorado – rebateu Lauro. – Ou tudo que disseram na campanha era mentira?

– Bem, não sou contra a que se faça um teste – admitiu Zaíra.

Lauro já ouvira de Augusto que ele não se submeteria a nenhum teste, mas omitiu a informação para que ele fosse pressionado pela diretoria do grêmio.

– Ele vai concordar – opinou. – Não acredito que aceite uma escolha ditatorial. Afinal, Augusto foi cabo eleitoral de vocês, não foi? Marquem o dia dos testes que estarei presente.

Quando Lauro se retirou da sede do grêmio todos sentiram como se segurassem uma batata quente na mão.

– Esse cara é um chato! – disse Geraldo, irritado.

– Mas ele tem razão – comentou Zaíra. – O melhor papel deve caber ao melhor ator. O máximo que podemos fazer é torcer para que Augusto vença.

– O que será difícil – prognosticou Julinho. – Lauro tem mais pulso, sabe melhor o que quer.

– Nunca o vi num palco – disse Zaíra.

– Eu já – informou Julinho. – No Harmonia. Ele de fato nasceu para a coisa. Lembro que arrancou palmas no meio do ato.

Geraldo, que pela primeira vez sentia na carne as agruras duma presidência, era de todos o mais desorientado.

– O que devemos fazer?

– Eu também não sei – disse Zaíra.

– Só há uma solução – propôs Guilherme.

– Qual?

– Falar com Augusto e convencê-lo a disputar o papel nos testes.

– Confesso que estou sem coragem para isso – confessou o presidente.

– O que dizem de irmos hoje à tarde à casa dele para conversarmos a respeito? – sugeriu Guilherme.

– Uma boa! – exclamou Zaíra. – Sempre quis ver aquela mansão por dentro.

– A gente telefona avisando – prosseguiu Guilherme, que dera a ideia. – Vamos os quatro?

Concordância geral, embora sem entusiasmo.

– Se Augusto perder o papel – disse o presidente – com que cara vamos enfrentar o professor Antunes? Exageramos ao falar tanto em democracia durante a campanha. Isso às vezes cria compromissos desagradáveis.

Zaíra não ouviu.

– Vou realizar um dos meus sonhos! – exclamou.

– Qual? – perguntaram.

– Já disse: conhecer o cenário onde vive Roberto Marques.

O PARAÍSO VISTO POR DENTRO

Um mordomo sóbrio e elegante recebeu no portão os quatro representantes do Grêmio Álvares de Azevedo e os conduziu à piscina justamente quando Augusto a deixava, envolto num roupão. Água azul e vegetação disciplinada faziam daquele espaço aberto a parte mais atraente da casa de Roberto Marques, que o país já conhecia através de reportagens na TV e na imprensa. Ao fundo havia um paredão para a prática solitária de tênis, barras para ginástica e um balanço que dera asas à infância de Augusto. Uma tartaruga passeava sobre a grama sob o olhar indiferente dum cão dálmata, personagens daquele Éden fascinante para os convidados.

– É neste casebre que você mora? – perguntou Julinho, com graça, fazendo uma careta de repugnância.

– Não é dos piores – disse Augusto, dirigindo-se a um banco de pedra. – Acomodem-se. Mas se preferem nadar, não façam cerimônia.

– Este é um belo ambiente para estudar o papel – observou Geraldo. – Por falar nisso, que tal sua memória?

– Em toda minha vida só consegui decorar uma poesia: "Oh! que saudades que tenho da aurora da minha vida..." Mas não se preocupem. Há uma técnica para decorar textos. Meu pai me ensinará. Já escolheram a peça?

– Vamos escolher – disse Guilherme – mas há antes um abacaxi para a gente descascar.

– Que abacaxi? – quis saber Augusto.

Zaíra adiantou-se, fazendo uma pergunta:

– Você toparia fazer um teste?

– Mal me dão o papel e já começam a duvidar de minhas possibilidades – comentou Augusto com um sorriso nervoso. – Que teste? De memória?

Já que a colega se precipitara, Geraldo decidiu explicar tudo:

– Há um cara lá que está exigindo que se escolha o ator principal por testes.

– Conheço esse cara – disse Augusto imediatamente. – O Lauro. Ele se julga um ator já realizado. Nunca vi ninguém mais convencido.

– Ele mesmo – confirmou o presidente. – Apareceu no grêmio para dar uma bronca. Está nos acusando de ditatoriais.

– E parece que há uma turminha brava atrás dele – acrescentou Zaíra. – Gente disposta a criar caso, desmoralizando nossa diretoria. São os que perderam a eleição.

Augusto não se abateu nem precisou de muito tempo para pensar.

– Então deem o papel para ele e está resolvido.

– Isso não – rebateu Geraldo. – A direção do grêmio e do colégio querem você estrelando a peça.

– Querem, mas pelo que vejo vocês estão com muito medo da língua do Lauro.

– Um pouco – admitiu Guilherme. – Ele está batendo na tecla da democracia. Oportunidade igual para todos. E isso pode jogar a estudantada toda contra nós e acabar melando a festa da inauguração. Veja em que sinuca estamos metidos!

– E o que propõem? – perguntou Augusto, já um tanto irritado. Todos olharam para o presidente; era a quem cabia falar.

– Propomos que tope esse teste. Nada mais. Algum problema?

– Só um – respondeu Augusto. – Com a experiência teatral que já tem, Lauro ganhará o papel com certeza.

Era para haver uma pausa, mas não houve. Zaíra repetiu a sugestão do próprio Lauro:

– Nesse caso você representaria o segundo papel.

Pela expressão de todos, menos de Augusto, a saída parecia bastante conciliadora.

Desta vez Augusto perdeu totalmente a calma.

– Querem que meu pai, seus colegas da tevê e os jornalistas vão até o auditório para bater palmas ao Lauro? Eu faço a cama e ele se deita. Isso? Não contem comigo.

– Espere – disse Guilherme, levantando-se do banco para chamar mais atenção para o que ia dizer. Parecia ter uma boa ideia. – Podemos fazer um teste fajuto. De mentirinha.

– Como assim? – perguntou Augusto.

– Os julgadores serão nossos – detalhou Guilherme. – Gente do grêmio. E todos votarão em você.

– É uma boa ideia! – exclamou Zaíra. – O problema assim fica resolvido.

Augusto balançou a cabeça negativamente.

– Com isso não concordo.

– Por quê? – perguntou Guilherme. – Quase todo concurso é um jogo de cartas marcadas.

O argumento não convenceu Augusto.

– Querem que suba ao palco com peso na consciência? Não.

– Ora, Gusto – quase implorou Zaíra.

– Além disso Lauro pode exigir um teste público, na presença de professores e alunos. Muito vencedor já foi vaiado. Nessa não entro, caros colegas. Deem o papel pra ele.

Os diretores do grêmio sentiram-se derrotados. Mas o que diria o diretor do colégio?

– Quer dizer que não se submete mesmo a testes? – perguntou Geraldo para confirmar definitivamente. – Nem se fajutarmos?

Augusto respondeu em tom alto e claro:

— Vocês me convidaram para interpretar um papel, não para disputá-lo. Se o Lauro vencesse, o que aconteceria, eu teria de ouvir gozações até o final do ano. Podem me dispensar. Não vou ficar ressentido com ninguém.

Houve um vácuo na conversa durante o qual apenas Augusto se mostrou à vontade, talvez aliviado.

O presidente do grêmio, como se pedisse tempo para pensar, deu um giro em torno do banco, olhou a piscina, e retomou a palavra com uma decisão:

— Augusto tem toda a razão. Não haverá teste.

— E o tal papo sobre democracia, que foi o forte de nossa chapa? — lembrou Zaíra.

— Os eleitos é que sabem o que é democrático ou não — disse Geraldo. — Lauro que solte os cachorros. Nada de testes. Todos de acordo?

Guilherme ia dizer qualquer coisa em oposição, mas chegou uma empregada com bandeja, jarro de laranjada e copos. Ótimo. A questão deixara todos com sede.

— Não devemos temer tanto a opinião dos colegas — disse Zaíra. — Ela será expressa pelo nosso jornal. E como diretora não vou deixar passar nenhuma crítica ou veneno contra a escolha para o papel.

— Ah... — lembrou Julinho. — Não haverá uma seção "Falando Francamente", aberta à colaboração de qualquer um? Aliás, foi você a autora da sugestão.

Zaíra pensou depressa:

— Lançaremos a seção depois da inauguração do auditório.

— Espertinha! — louvou-a Julinho.

Augusto não queria participar desse tipo de lance. Queria apenas a conclusão.

— E então?

— Está tudo como antes — garantiu o presidente dando-lhe um tapinha nas costas. — Convite feito e aceito. Agora só resta escolher a peça. Vamos encontrar uma que seja leve, divertida, sem grandes complicações.

– O que dirão a Lauro? – perguntou Augusto, agora ele que rendo fazer um teste de convicção aos colegas.

– Que o grêmio resolveu confirmar você no papel e só – respondeu o presidente. E dirigindo-se aos demais: – Podemos ir?

– Ainda não – pediu Zaíra. – Queria ver a sala de troféus do pai de Augusto. Pode?

– Claro – ele respondeu gentilmente. – Vamos entrando. Entre troféus, faixas, medalhas e diplomas há mais de mil. A sala é o maior orgulho de meu pai.

O HOMEM QUE VEIO PARA RESOLVER

A diretoria do grêmio reuniu-se duas vezes para a escolha da peça teatral, mas não conseguiu se decidir por nenhuma, embora os diretores tivessem lido um bom número de textos. Geraldo e Zaíra resolveram recorrer ao professor Antunes.

– Acho que vocês não devem escolher peças muito conhecidas para evitar comparações – disse ele. – Quem já as assistiu, interpretadas por elenco profissional, certamente não vai gostar.

– Mas não conhecemos nenhuma peça inédita de qualidade – informou Geraldo, aflito com o problema.

– Conheço uma bastante razoável. É de autoria do professor Santana, que lecionou Português aqui e já abandonou o professorado. Escreveu diversas, e uma delas, *O homem que veio para resolver*, é uma excelente comédia. Tenho uma cópia comigo – disse abrindo uma de suas gavetas. – Que sorte! Aqui está. Leiam.

Geraldo pegou a cópia.

– O papel de Augusto é bom, professor?

– É o papel-título, do homem que vem para resolver. Uma graça.

Geraldo precisava pensar em tudo:

– Haveria um papel para o Lauro, caso ele aceite em fazer um segundo papel?

– Sim, o do primo do homem. Pequeno, porém expressivo. Por quê? O geniozinho criou alguma dificuldade?

– Criou – respondeu Zaíra. – Exige que o papel principal seja escolhido por testes. Mas Augusto não concorda com isso. Se fizermos testes, ele desiste.

O diretor do colégio entendeu a questão e preocupou-se:

– E o que vocês decidiram?

– Não haverá testes – disse Geraldo. – É o jeito de contarmos com Augusto e com toda propaganda em torno da inauguração do auditório. Se Lauro interpretar o papel principal, não poderemos trazer gente importante e a imprensa.

– Claro que não. Vocês resolveram bem, pois a diretoria do colégio não deve intervir nas decisões do grêmio.

– Assumimos a responsabilidade, mas ela nos assusta um pouco – confessou Geraldo.

– Assusta?

– Augusto nunca pisou um palco como Lauro e alguns outros. Temos receio dum vexame.

– E Augusto? – perguntou o diretor. – Também está assustado?

– Não deve estar – disse Zaíra. – Nós é que nos preocupamos.

O professor Antunes continuava entusiasmado pelo projeto. Apresentou outra ideia para lhe garantir o êxito.

– Conhecem Duarte Pessoa?

– Conheço – respondeu Geraldo. – No momento é um dos diretores teatrais mais badalados.

– Eu o conheço inclusive pessoalmente. Vou contratá-lo. Com um diretor como ele não haverá fracasso.

Zaíra ficou empolgada pela ideia.

– Duarte Pessoa! Ele vai cobrar uma nota preta, professor!

– Não faz mal – replicou o diretor do colégio. – Trata-se dum investimento. Com um bom diretor teatral a publicidade será ainda maior e os resultados mais seguros. Agora leiam a peça. *O homem que veio para resolver* é uma comédia graciosa e limpa. Não aborda problemas políticos e não pisa no calo de ninguém.

TODOS DE ACORDO.
MENOS OS QUE NÃO ESTÃO...

Em seu apartamento Geraldo reuniu Guilherme, Julinho e Zaíra para a leitura da comédia do professor Santana. Julinho, que tinha uma voz sonora, incumbiu-se da tarefa. A peça não era de morrer de rir nem apresentava novidades quanto à forma ou ao miolo, o que desagradou Guilherme, o mais chegado ao teatro e à literatura.

— Um tanto comum para o meu gosto, mas...

— Ela vai fazer sucesso – garantiu Geraldo. – É bem do jeito que as mamães e os papais apreciam. Tem alguma malícia, mas não de escandalizar. E o enredo é ágil, cresce de cena a cena.

— O melhor dela – observou Zaíra – é que está meio de encomenda para Augusto. Seu papel é grande, mas fácil, não exige muita interpretação.

Geraldo encerrou uma etapa da escolha e passou a outra.

— Então é esta: *O homem que veio para resolver*. Agora precisamos saber se Augusto aprova. Pode ser que vendo um papel tão grande ele fuja da raia e nos cause problemas.

Zaíra, com o mesmo receio, sugeriu:

— Que tal se fizéssemos a leitura na casa dele? Em seu território se sentirá mais seguro.

Ideia chama ideia. Geraldo acrescentou:

— E levaremos Soninha com a gente. Assim ele não terá coragem de dizer não, diante dela.

A turma toda riu e Geraldo foi ao telefone marcar a leitura da peça na casa de Augusto.

Augusto ficou emocionado quando viu Soninha entrar em sua casa com o pessoal do grêmio. Não lhe haviam avisado para causar aquele impacto que arrebata os apaixonados. Reuniram-se todos na sala de música da casa e lá Julinho leu as falas masculinas da peça e Zaíra, as femininas. Fizeram uma leitura caprichada para ganhar Augusto duma vez. No final Soninha foi a primeira a se manifestar.

— A peça é um baratão. Gostei. E você, Augusto?

Augusto, indeciso, cedeu a vez para Geraldo, que se apressou em dizer:

— Tem umas frases um tanto quadradas, gírias fora de moda, mas a gente pode mudar e também fazer certos cortes. Há falas longas demais.

— Você se vê interpretando o papel do Olavo, o homem que veio para resolver?

— Se me vejo? Bem, eu...

— Ah, tem uma novidade — lembrou Geraldo. — Vamos ter um diretor profissional e dos quentes. Indicação do próprio Antunes. Sabe quem ele quer dirigindo? Nada mais nada menos que Duarte Pessoa.

— Duarte Pessoa? — admirou-se Augusto. — Então a coisa é séria mesmo?

— Que retaguarda! — exclamou Soninha. — Ele sabe tudo de palco.

— Bem, só conheço o Duarte de nome — disse Augusto. — Ele é mesmo dos bons?

— Pergunte a seu pai — disse Geraldo. — Deve conhecê-lo muito.

Augusto procurou incentivo mais concreto nos olhos de Soninha. Ela lhe apertou as mãos.

— Você vai arrasar, não vai?

— Não prometo tanto. É uma estreia, não é?

— É modesto — disse Soninha. — Vamos ver se continua assim depois do sucesso.

— Fique com esta cópia para ir estudando o papel — falou Geraldo. — Em seu lugar não perdia tempo.

Augusto tinha ainda uma preocupação:

— E o Lauro, já sabe que está fora?

— Não lhe dissemos nada — respondeu o presidente. — Que saiba por intermédio dos outros.

— Mas ele já sabe de tudo — disse Soninha. — Ontem o vi no pátio fazendo comício. Estava dizendo que o grêmio agiu com ele ditatorialmente. E pelo que percebi muitos colegas estão do lado dele.

— Que baderneiro! — exclamou o presidente, irado. — Mas nem ligue, Augusto. O que o grêmio decidiu está decidido.

O PROFISSIONAL VITORIOSO
E O AMADOR INDECISO

Augusto lia *O homem que veio para resolver* na biblioteca quando seu pai chegou e viu a luz. Sempre chegava àquela hora, tarde, depois do teatro e da ceia com os colegas, quando a mulher e o filho já dormiam. Fez correr a porta móvel da biblioteca.

— O que está lendo de tão bom, filho?

— A peça de teatro do colégio.

— Escolheram?

— É de um ex-professor do colégio, Mauro Santana, *O homem que veio para resolver*. Comédia. Parece que tem pique.

— Que tal seu papel?

— Ele é quase tudo na peça. Ah, sabe quem vai dirigir? Duarte Pessoa.

— Aquele ranzinza?

— O senhor o conhece bem?

— Ele já me dirigiu algumas vezes. É muito competente embora se irrite por nada.

— Ah, ele é assim?

— Todo diretor muito badalado pela imprensa adquire essa panca. Julga-se um gênio e nunca admite seus erros. Mas, se quer saber, acho até bom começar com alguém como ele, de temperamento difícil. Com o Duarte o artista percebe logo se tem ou não vocação para o palco.

— Sofreu muito com ele?

— Acredito que até hoje ele não me aprecie muito, mas como o público sempre me aplaudiu ele passou ao menos aparentemente a me respeitar. A princípio dizia abertamente que eu era um canastrão.

— E não se descontrolava?

– Não, procurava aprender o que ele sabia e ignorava suas críticas. Sempre fui equilibrado, talvez minha maior virtude. Equilíbrio e alguma frieza ajudam na carreira.

– Desta vez ele não será muito exigente. É apenas um espetáculo estudantil.

– Para os outros, não para você, que pretende se tornar um ator.

Augusto fez uma pergunta que exigia sinceridade.

– Acha, pai, que levo jeito?

Roberto Marques foi apanhado de surpresa pela pergunta, mas respondeu em cima:

– Isso vamos ver no palco, Augusto. Na vida diária só os políticos representam... – disse rindo. – Mas não está com medo, está?

Augusto não queria esconder nada ao pai:

– Um pouco.

– É natural. Um pouco de medo significa sentido de responsabilidade, desejo de acertar. É bom. – E olhando ao pulso: – Como é tarde! Não vai dormir?

– Não, pai, vou ler a peça até o fim. Boa noite.

Uma hora depois, Augusto concluía a leitura. Fora a primeira vez que lera uma peça teatral, mais difícil que ler um romance, e levou para a cama uma ideia confusa do que havia lido.

UM AUTOR DESCONHECIDO E...

O velho professor aposentado, Mauro Santana, que morava num minúsculo apartamento com sua mulher, também ex-professora, até levou um susto quando Geraldo e Julinho, visitando-o, pediram-lhe autorização para encenar sua peça teatral.

– *O homem que veio para resolver*? Puxa, nem me lembrava dela! Foi escrita há 30 anos quando ainda sonhava ser teatrólogo. Então, gostaram? Sentem-se e tomem um café. Mas digam: a peça é boa?

– Ela é ótima – disse Geraldo. – Foi indicada pelo professor Antunes, que admira muito suas peças.

– Creio que nesse terreno é meu único admirador. Boa pessoa, o professor Antunes!

– O senhor nunca teve uma peça representada? – perguntou Julinho.

Mauro Santana fez uma pausa em que mal coube todo seu ressentimento.

– Apesar dos meus 70 anos ainda sou um autor inédito. Mas sempre é tempo para estrear, não? – disse, esfregando as mãos. – Mesmo tratando-se de teatro estudantil, emociona.

– Um teatro estudantil que vai contar com uma imensa propaganda – garantiu Geraldo. – Conhece o diretor Duarte Pessoa? Vai dirigir o espetáculo.

– E tem mais – acrescentou Julinho. – O filho de Roberto Marques interpretará o papel principal.

Mauro Santana, já começando a sentir-se glorioso, berrou para o interior do apartamento:

– Zita, café! Café e água gelada!

Ao saírem do apartamento do professor, com a autorização assinada, Geraldo comentou com o colega:

– Ele ficou tão contente que podia sofrer um colapso. Isso aumenta ainda mais a nossa responsabilidade.

– E a de Augusto – aduziu Julinho. – Não podemos fracassar em hipótese alguma. Seria o fim do professor Santana se sua peça decepcionasse o público.

Geraldo não quis gastar mais palavras com a desagradável possibilidade.

– Vamos agora mesmo levar uma cópia da peça para o Duarte Pessoa. Já telefonei a ele dizendo que iríamos. Meu temor é que, exigente como é, recuse-se a ensaiar a peça.

... UM DIRETOR SUPERBADALADO

O diretor Duarte Pessoa era tudo que Geraldo e Julinho imaginavam e um pouco mais. Recebendo-os também em seu apartamento não serviu café, água gelada nem se mostrou grato pelo convite. Foi dizendo logo que não confiava muito em teatrólogos estreantes mesmo se tivessem 70 anos. Com certo desprezo passou os olhos pela cópia xerocada da peça e fez uma careta de desagrado.

— O estilo do tal Santana é ainda mais velho que ele. Usa uma linguagem antiga e está na cara que não entende nada de carpintaria teatral. Eu precisaria bulir muito nesse texto e infelizmente me falta tempo. Estão querendo que eu dirija o *Macbeth*, de Shakespeare.

Geraldo não deixou a proposta esfriar.

— O espetáculo é muito importante para o colégio. O professor Antunes pagará bem.

— Por pouco é que não trabalho — disse o diretor.

Supondo estar com um trunfo nas mãos, Julinho acrescentou:

— Augusto Marques, filho de Roberto Marques, fará o papel principal.

Duarte Pessoa riu:

— Espero que seja melhor que o pai. A este não consegui ensinar nada. Mas num país onde a inversão de valores é um fato, não precisou de mim para vencer.

Faltava a resposta final.

— Em que ficamos? — perguntou Geraldo.

— Mande o diretor do colégio telefonar-me. Se acertarmos o pagamento, eu me arrisco. Deixem a peça aí, vou dar uma lida — concluiu.

Geraldo e Julinho não saíram do edifício eufóricos.

— O que acha?

— Ele vai topar, Julinho. O professor Antunes não fará economia nesse espetáculo.

Alguns passos e Julinho fez outra pergunta:

— Será que o professor Santana não ficará magoado com as modificações que o diretor fará na peça?

— Não podemos nos preocupar com isso agora, Julinho. Problema para mais tarde. Vamos ao colégio pedir ao professor Antunes que telefone ao Duarte.

Ao chegarem à sala de espera da diretoria levaram um choque. Lauro estava lá ainda mais irritado do que estivera na sede do grêmio. Ao vê-los, aproximou-se.

— Vim exigir do diretor que façam testes para a escolha do elenco. E vocês não vão me impedir — acrescentou com o dedo em riste.

Geraldo lamentou ser presidente do grêmio naquele momento. Como é difícil tomar decisões!

— Se veio para falar com o diretor, fale. Não vamos impedir.

Nesse momento abriu-se a porta da diretoria e o professor Antunes surgiu para receber Lauro, mas não esperava que Geraldo e Julinho também estivessem na sala de espera, surpresa que o desagradou.

— Entrem os três — ordenou.

Lauro, Geraldo e Julinho entraram, os dois, constrangidos.

— O que deseja, Lauro? — perguntou Antunes, sem mesmo convidá-los a sentarem-se.

— É a respeito da peça da inauguração.

— Foi escolhida uma muito boa, *O homem que veio para resolver*.

— Não foi por isso que vim aqui. Em meu nome e de alguns colegas vim pedir ao senhor que sejam feitos testes de interpretação para a escolha dos personagens principais da peça. Diversos deles têm alguma experiência e querem participar do espetáculo.

Geraldo e Julinho ficaram tensos. Como o professor Antunes se sairia dessa, ele que estava armando tudo para a estreia de Augusto Marques?

— Entendi, Lauro.

— O senhor não acha justo?

— Bastante justo. Mas há uma coisa. O grêmio é soberano. E não fica bem à diretoria do colégio intervir em suas decisões. Nosso procedimento é absolutamente democrático. Resolvam entre vocês — concluiu já reabrindo a porta da diretoria. — Dentro da maior liberdade.

Percebendo que o diretor, embora necessitasse da escalação de Augusto, não desejava comprometer-se, mostrar autoritarismo, Geraldo e Julinho abandonaram a sala. Com menos disposição, Lauro acompanhou-os. Momentos depois, estavam no pátio.

– Como é que fica? – perguntou Lauro. – Haverá ou não testes?

– Haverá, se quiserem – respondeu o presidente do grêmio. – Mas não para o papel principal. Este é de Augusto e não se toca mais no assunto.

O ESTRATEGISTA POLÍTICO

Foi Zaíra quem informou à diretoria do grêmio que Lauro estava promovendo verdadeira guerra à entidade. Boa parte dos alunos do colégio já se manifestava abertamente, no pátio e nas classes, contra o nome de Augusto encabeçando o elenco.

– Uns dizem que a escolha foi protecionista, para incriminar o grêmio, e outros interesseira, para pichar o professor Antunes. A coisa está fervendo – garantia a diretora do jornalzinho do Álvares de Azevedo.

– Isso é muito chato, mas temos como reagir – replicou Geraldo. – E a tarefa cabe a você, Zaíra.

– A mim? O que quer que eu faça?

– Trate imediatamente de lançar um número do jornal. Reúna seus redatores e mãos à obra. Mas não escrevam uma linha sobre Lauro e seu grupo. Como se tudo estivesse correndo pacificamente. E deixe espaço para uma entrevista com o professor Santana, caso sua peça vá mesmo, e com o Duarte Pessoa ou outro diretor que venha a dirigi-la. Muita informação, oba-oba, alto-astral e passe por cima das fofocas.

– Vou me mexer – garantiu a moça. – Em uma semana terei o material todo. Deixem por minha conta.

Quando ela saiu da sede, já em atividade jornalística, Geraldo disse a Julinho:

– Será que o professor Antunes já telefonou para o Duarte?

– Quando telefonei para sua casa ontem, ele disse que ligaria logo cedo.

– Você lhe contou o que ficou resolvido em relação ao Lauro?

– Contei.

– E ele?

– Só quis ouvir o resultado, mas não fez comentários. Mas claro que ficou contentíssimo. Ele está investindo, não está?

Geraldo pensou um pouco e disse:

– Não é bom aparecermos a todo momento na diretoria. Pode parecer que o grêmio não é independente. Telefone para o professor Antunes do orelhão da esquina e pergunte-lhe se o Duarte Pessoa dirige ou não a peça.

– OK, presidente!

– Não me chame de presidente, Julinho!

– Mas você está se saindo um ótimo presidente – afirmou o vice. – Dribla como ninguém. Um tremendo estrategista político!

Geraldo riu, vendo Julinho sair da sede. Depois ficou sério. Estrategista político! Era uma boa.

Na tarde do mesmo dia Geraldo e Julinho dirigiram-se ao apartamento do presunçoso Duarte Pessoa. Respondendo à consulta telefônica do professor Antunes ele aceitara a tarefa. Seu preço até que não causara susto algum. O que era uma nota preta para ele não era para o diretor do colégio.

– Mas não vá lhe dizer que achei barato – pediu Antunes a Julinho quando este lhe ligou do orelhão. – Não temos culpa se os intelectuais não entendem de dinheiro. Deixe-o com a ilusão de que fez bom negócio.

O próprio Duarte Pessoa abriu a porta para Geraldo e Julinho entrarem.

– Acertei com seu diretor – disse ele. – Mas temos de começar os ensaios dentro duma semana. Enquanto isso, vou bulindo na peça e tratando da cenografia. O Antunes me deu autorização para contratar um cenógrafo e levar um assistente.

Pensando em possíveis melindres do Santana, Geraldo perguntou:

— Releu a peça?

— Reli.

— Qual foi sua impressão desta vez?

— A mesma. Fecal. Mas darei uma melhorada.

Vendo que tudo se arranjava, Julinho entusiasmou-se.

— O que devemos fazer agora?

— Convoque os seus atores do elenco para uma leitura da peça no colégio segunda-feira às 3 da tarde. Mandem tirar mais cópias da peça. Teremos uma semana para ensaios de mesa, só leitura. Entendido?

Entendido. O presidente e o vice apertaram a mão do gênio teatral e saíram.

À rua, Julinho disse:

— Temos um pepino. Só pensamos na escalação do Augusto. E os outros? Nem pensamos neles.

— Eu pensei — replicou Geraldo.

— Vai escolher por testes? É muito trabalhoso!

— Que testes! Vou convidar para os papéis os amiguinhos do Lauro, de sua panela teatral.

Julinho, que andava, parou.

— Não entendi esta.

— Fácil — explicou Geraldo. — Entrando para o elenco eles se sentirão muito felizes e não atacarão mais o grêmio. Fazer inimigos passarem para o nosso lado é aquilo que você disse — estratégia política. E da melhor.

A ESCALAÇÃO

Geraldo executou fielmente seu plano traçado de escalação. Enquanto Zaíra preparava o novo número do jornal do grêmio, um tanto às pressas, cuja matéria principal era a inauguração do auditório e da apresentação de *O homem que veio para resolver*, ele convidou quatro estudantes — entre eles uma moça, Ana Carolina — todos do grupo de Lauro para integrarem o elenco.

Um, Paulo, aceitou imediatamente o convite. Outros dois, Benjamin e Vilaça, ficaram de pensar. Apenas a moça, Ana Carolina, respondeu logo que não. Era muito amiga de Lauro e trabalhar na peça sem ele seria traição.

— Não perca tempo com ela — aconselhou Julinho. — Vamos escolher outra. Há uma na primeira série, a Mary, que já fez teatro.

— Ela é das nossas ou está com o Lauro?

— Não sei.

— Vamos convidá-la já.

Abordada no pátio, Mary, uma mocinha miúda e muito viva, entusiasmou-se com a oportunidade inesperada.

— Um convite que caiu do céu! — exclamou. — Mas ouvi dizer que o papel era da Ana Carolina.

— Ela recusou porque acha que Lauro devia fazer o papel principal.

— Sou apolítica — explicou-se Mary. — Aceito. Quando começam os ensaios?

Ainda faltavam escalar dois atores. Benjamin e Vilaça pareciam evitar Geraldo, quando se cruzavam no pátio. Parecia que lhes faltava coragem para saltarem de galho.

— Não podemos perder muito tempo com eles — advertiu Guilherme. — O tempo está passando.

— Vejam, lá está o Benjamin — disse Julinho, olhando para a lanchonete do colégio. — Vamos falar com ele já.

Geraldo tomou a dianteira e chegou-se ao Benjamin, muito decidido.

— Como é, vai aceitar ou não o papel?

— Me dê mais um tempo — pediu Benjamin.

— Dou — concedeu o presidente. — Um minuto.

— Um minuto?

— E o tempo já está correndo.

— Mas é pouco.

— Restam 45 segundos — disse Geraldo olhando para seu relógio de pulso.

— Eu precisava falar com algumas pessoas...

– Não precisa mais – retrucou Geraldo. – O convite está retirado. Tchau. Vamos, pessoal – disse, dirigindo-se aos colegas.

Mais além viram Mary. Geraldo fez-lhe sinal.

– Mary, conhece alguém que também queira trabalhar? O Benjamin está fora.

– Tenho – ela respondeu em cima. – O Nando. Ele trabalhou comigo em duas peças e parece que nasceu pra coisa.

– Por favor, mande-o dar um pulo ao grêmio.

Mary agiu depressa. Mal Geraldo, Julinho e Guilherme entravam na sede do grêmio, Nando apareceu, apressadinho e feliz.

– Então estou escalado?

– Está, a não ser que o Duarte Pessoa o reprove.

– Não vai reprovar – garantiu Nando. – Faço teatro desde os 5 anos. Sabiam?

Faltava escalarem novo estudante no lugar do Vilaça. A diretoria do grêmio já pensava em quem quando ele entrou na sede. Estava um tanto assustado, na certa já ciente de que Benjamin fora rejeitado.

– Podem contar comigo – disse logo à entrada. – O papel ainda é meu?

– Pensávamos que o Lauro o tivesse impedido de aceitar.

– Ninguém manda em mim – protestou Vilaça. – E, depois, não sou inimigo do Augusto. Acho até que é um cara legal. Estou fora da rivalidade entre ele e o Lauro.

Geraldo anotou os nomes de todos os atores: Augusto, Paulo, Nando, Mary e Vilaça.

– Agora o Duarte Pessoa já pode começar os ensaios. Vamos convocar o elenco.

ENSAIOS DE MESA

Numa sala anexa à diretoria do colégio realizariam-se os ensaios de mesa, apenas leitura, quando o diretor fixaria a personalidade dos personagens, apontaria os subtextos – as intenções

nem sempre totalmente expressas nas falas – e determinaria inflexões, modulação de voz, pausas e todos os recursos que dão colorido e brilhos aos diálogos. Estariam presentes aos ensaios de mesa, além do diretor e atores, Geraldo, como presidente do grêmio, e Julinho, que fora encarregado de coordenar o espetáculo e tomar providências quanto a cenografia, guarda-roupa e sonoplastia. Alguém sugeriu que se convidasse também o autor da peça, professor Santana, mas Duarte Pessoa não permitiu.

– Ele não gostará das modificações que fiz no texto. Cortei muita besteira e lugares-comuns e acrescentei umas tantas frases para tornar a peça mais clara. Mexi até na cena final. O desfecho já não é o que ele escreveu, a meu ver, fecal. Mas vamos à leitura. Na primeira, não direi nada, quero apenas ver se sabem ler em voz alta. Só falarei para que corrijam o texto segundo minhas alterações.

Augusto já lera a peça não sabia quantas vezes, mas nenhuma em voz alta. O que devia ter feito. Ler ao correr dos olhos e em voz alta é muito diferente. Percebeu logo que tinha dificuldade em inflexionar a voz e, maior ainda, em fazer a ligação lógica entre as suas falas e a dos outros atores, por isso soavam isoladamente, não se integrando no sentido geral da peça. Mas não era só ele que lia assim, desligado da fala anterior à sua e sem deixar nada em que o ator que leria a frase seguinte pudesse se apoiar. Inexperientes, agiam como jogadores de futebol que apenas se preocupassem em chutar a bola, sem nunca executarem um passe. De todos apenas o Vilaça se saiu bem desde o princípio, e Mary, a partir do segundo ato, notando o quanto ele se destacava dos outros.

No fim da leitura, que Pessoa suportou com uma paciência de mártir, só ouvindo e mais nada, disse:

– Alguns de vocês pareciam estar lendo a *Lista telefônica*. Se não conhecesse a peça não teria entendido nada. Vou ter que ler eu, todinha, em voz alta, para que percebam a intenção de cada fala. Por favor, prestem muita atenção, o que não quer dizer que devam me imitar nas próximas leituras.

À noite, no quarto, Augusto leu a peça toda em voz alta tentando rememorar as inflexões de Duarte Pessoa. Como sabia valorizar cada frase! Para ele, vírgulas, interrogações, exclamações, reticências e pausas eram como peças de roupa que iam vestindo um corpo nu. Reconheceu que na mesa lera automaticamente e o que caprichou foi como se estivesse discursando ou recitando. Saíra-se mal, reconhecia, mas o pior, para ele, intérprete do papel principal, era que Vilaça parecia ter surpreendido o diretor, com seu jeito solto de ler, e Mary o fizera rir uma vez com a malícia que soubera imprimir em certas frases.

Cansado da atenção que dispensara às duas leituras da tarde e ao esforço da leitura noturna, Augusto dormiu profundamente mas teve um sono intranquilo, perturbado por palavras que diversas vozes lhe metralhavam aos ouvidos. Depois, sentiu-se correndo pelo pátio do colégio perseguido por palavras-balas que ricocheteavam ameaçadoramente erguendo estilhaços de cimento. Encontrando uma porta aberta, refugiu-se. Um frêmito como o bater de palmas ergueu-se dum espaço escuro. Entendeu: estava num palco e o público aliviava-se de sua impaciente espera, aplaudindo-o.

Pela manhã aconteceu-lhe algo feliz: tomar a refeição matinal com o pai, coisa rara.

— Começamos os ensaios de mesa, pai — anunciou.

— Essa é a parte mais fácil — disse Roberto Marques. — Como se saiu?

— Ainda é cedo para dizer qualquer coisa. Lembra-se do seu primeiro ensaio?

— Não dá para esquecer. Foi numa companhia de amadores. Quase que me dispensam. O diretor disse que nem ler eu sabia — revelou para o agrado do filho. — Mas fui eu quem acabou salvando o espetáculo.

— E ele deve ter estendido a mão à palmatória.

— Não estendeu, mas me vinguei. Na peça seguinte disse: só trabalho se ele, nem lembro o nome, não for convidado. E foi o que aconteceu. Hoje, pode crer, sua maior vaidade é ter me dirigido um dia.

Nos ensaios de mesa seguintes, Augusto conseguiu repetir muitas inflexões do diretor e notou que suas falas se casavam melhor com as deixas anteriores. Encaixavam-se afinal ao todo, perdendo o lamentável tom de recitativo. Mesmo assim não ia lá muito bem.

— Você está mais afinado — disse Duarte — mas continua um tanto preso. Solte-se, crie, assim como Vilaça e Mary fazem.

Tinha razão. Principalmente Vilaça já pouco olhava para o papel, e tendo-o decorado em parte, colocava-se mais à vontade no corpo do personagem, o que dava às suas falas muita naturalidade. Mary também progredia bastante, instigada pela interpretação de Vilaça. Nando continuava emperrado, porém seu papel era curto e Paulo, embora incapaz de modular, tinha uma voz marcante como a dos bons locutores de rádio.

— Já está na hora de começarem a decorar — disse o diretor. — Devem saber pelo menos o primeiro ato na ponta da língua para fazermos as marcações, no palco.

Para distrair-se um pouco daquela barra que era ensaiar, e agora decorar, Augusto encontrou-se à noite com Soninha, ela uma brasa como sempre.

— Como vão os ensaios?

— Ainda não engrenei totalmente — respondeu Augusto. — Pensei que fosse mais fácil.

— Tudo é difícil no começo.

— Mas hoje nem quero falar de teatro. Vamos ao cinema e depois a uma lanchonete.

— Não seria melhor assistirmos a uma peça de teatro para você ficar dentro do clima?

Augusto concordou e foram os dois assistirem a uma comédia nacional num teatro da rua Augusta. Durante todo o tempo Soninha segurou sua mão e às vezes a apertava como se pretendesse transmitir-lhe as vibrações dos atores. Era a primeira vez que Augusto assistia a uma peça assim, prestando atenção na interpretação do elenco, fixando-se em cada frase. Todos lhe pareciam impecáveis, o que o assustou.

— Nunca interpretarei assim — disse a Soninha no intervalo do primeiro para o segundo ato.

— Aí tem gente com vinte anos de tarimba — comentou ela. — Você ainda nem estreou.

No bar do teatro, enquanto Augusto e Soninha tomavam um refrigerante, viram Lauro e Ana Carolina. Os olhares se cruzaram como espadas.

— Viu quem está aí? — perguntou Augusto.

— Lauro não perde uma peça — disse Soninha. — Quer mesmo ser um Sérgio Cardoso. O que não sabia é que anda de namoro com Ana Carolina.

— Por isso que ela não aceitou o convite do Geraldo. Vamos para dentro. Não suporto que me olhem e falem de mim.

No segundo ato Augusto foi menos atento, perturbado pela presença de Lauro e Ana Carolina no teatro. Por outro lado a interpretação do elenco parecia-lhe dum nível inatingível para ele. Por inexperiência ou não, não conseguia identificar nela nenhum defeito. Apenas voltou a alegrar-se um pouco, mais tarde, na lanchonete, graças a Soninha, sempre uma torrente de assuntos e de fofocas do colégio.

— Viu a prova do próximo número do jornal da escola?

— Não.

— Zaíra me mostrou. Você é manchete, sabia? O centro das festividades da inauguração. Ela o pôs nas nuvens.

— Não gosto de exageros — disse Augusto. — Por enquanto sou apenas o filho dum ator famoso que apenas por isso mereceu o papel principal. Deviam deixar os elogios para depois da inauguração.

— Mas é para fechar o bico da turminha do Lauro. Vendo seu destaque no jornal se calará, do contrário parecerá despeito. De acordo?

— Não sei — respondeu Augusto. — O que me preocupa por enquanto são os ensaios. Uma barra! Agora teremos de decorar. Eu que nunca dei pra isso... Nem a letra do Hino Nacional sei de cor.

DECORAR: UMA BARRA
INTERPRETAR: DUAS BARRAS

A mãe de Augusto percebeu que o filho andava inquieto. Na copa, enquanto faziam a refeição da manhã, perguntou-lhe:

— Brigou com a namorada?

— É a peça. A senhora tem facilidade para decorar?

— Nos meus tempos de escola, tinha. Mas para quem estuda nem sempre é uma boa qualidade. O melhor é entender. Quem sabe tratando-se duma peça teatral o processo não seja o mesmo? Entendendo toda sua ação, intenções, gravando a sequência das cenas, a coisa pode ficar mais fácil.

— Não sei. Estou meio confuso.

— Quer que lhe ajude?

— A decorar?

— Tenho tempo agora, você tem?

— Mãe, a senhora é ótima. Aceito.

Mãe e filho foram para a biblioteca com a cópia da peça e começaram, linha por linha, o fastidioso trabalho de decorar as falas. Como Augusto dissera para Soninha, era mesmo uma barra. Se decorava bem uma fala, às vezes longa, esquecia outra, já decorada. Duas horas depois ainda estava no princípio do ato.

— Aquilo que eu disse, de entender bem a peça, funciona. Preste atenção nos papéis dos outros personagens. Isso ajuda a ter ideia da sequência. Uma frase puxa a outra. Vamos de novo.

Mesmo não fazendo muito progresso, o interesse da mãe fez bem para Augusto. Sentiu-se mais confiante, que chegaria lá. Ao entrar na sala de ensaios de mesa, naquela tarde, mostrava-se mais descontraído. Mas a fase da leitura da peça estava encerrada.

— Vamos ao palco do auditório – disse Duarte Pessoa. – Alguns de vocês ainda estão crus, mas não podemos perder tempo.

Ao entrarem, diretor e artistas no auditório, Augusto sentiu um calafrio. O que sentiria se ele estivesse repleto? E, logo mais, pela primeira vez via um teatro do ponto de vista do palco, lá do alto. Mesmo o vazio o inquietava como uma presença viva.

Duarte Pessoa deu início ao ensaio para as marcações. Não se tratava agora de dizer bem ou mal o seu papel, mas de movimentar-se pelo palco, interpretar com o corpo inteiro. A voz, que antes era tudo, só iria representar uma parcela do esforço. E, diante dessa nova dificuldade, resultou inútil todo o trabalho da manhã. Esqueceu tudo.

— Augusto, você vem do fundo, onde vai haver uma porta, dá uma volta pelo palco, como se examinasse o ambiente, e depois diz: *Isto aqui não é tão feio como me disseram. Acho até que vou me dar bem, e se surgirem problemas, resolvo.* Vamos lá.

Augusto nunca imaginara que fosse tão difícil andar no palco, isto é, andar com uma intenção definida, que devia ser a de quem observa para tirar conclusões.

— Torne a entrar — ordenou-lhe o diretor. — Você está muito duro e ligeiro. Lembre-se de que nunca entrou nesta sala antes. Além do mais, está curioso. Anda lentamente, quase para, olha... Depois, no centro do palco, diz as suas falas.

Augusto andou melhor, dirigindo os passos e dando direção aos olhares, mas ao chegar ao centro do palco, esqueceu as falas.

— *Isto aqui não é tão feio...*

— *Como me disseram...* — acrescentou Duarte com a peça na mão.

— *Acho até que vou gostar daqui.*

— *Acho até que vou me dar bem aqui* — corrigiu o diretor. — Prossiga.

— *E se aparecer problema...*

— *E se surgirem problemas, eu resolvo* — lembrou-o Duarte. — Mais uma vez. Agora, um pouco mais lento. Faça um gesto como se tocasse num objeto...

— O palco está vazio, diretor.

— Mas a peça não diz que há uma estante sobre uma mesa de santo? Use a imaginação. Vamos lá. O personagem nunca entrou antes nesta sala, que é luxuosa e lhe desperta curiosidade. Mas de luxo é justamente do que gosta, já que se aproximou da família para explorá-la de alguma forma. Seus passos são de malandro. E a voz é a de quem propõe um desafio a si próprio. E quanto à palavra *feio*, cuidado, ela apenas esconde o verdadeiro sentido, que é inverso.

Com a repetição, Augusto conseguiu aproximar-se do que o diretor exigia, mas com menos da metade do esforço, Nando fixou bem sua marcação, e Vilaça, logo de primeira vez, movimentou-se com naturalidade e segurança, dizendo suas falas com fluência.

À saída Augusto viu Geraldo que assistira aos ensaios da última fileira do auditório. Perguntou-lhe:

— Acha que vai dar?

— Claro que vai — respondeu Geraldo. — O que precisa é dum pouco mais de calma. Controle-se melhor.

— Não estou nervoso.

— Está um pouco, sim, mas não há mal algum nisso. Paulo também estava bastante. Domine-se. E outra coisa: solte mais a voz. Está um pouco presa. Aqui da última fila quase não se ouve.

Na manhã seguinte a mãe de Augusto tornou ajudá-lo a decorar o papel. Disse que o faria todos os dias e a qualquer hora. Sempre encontraria um tempinho para ele.

— Quanto a isso de usar a voz, interpretar, não posso lhe ajudar muito. Não entendo. Aí seu pai é que pode lhe dar alguns conselhos.

— Ele está sempre ocupado.

— Vou pedir ao Roberto para dedicar algumas horas a você. Ele está muito interessado em sua estreia.

Alguns dias após os primeiros ensaios de marcação, saiu o jornal do grêmio que circulou depressa pelos corredores do colégio e pelo pátio. Augusto, vendo seu retrato, e lendo os elogios antecipados de Zaíra, sentiu que sua responsabilidade multiplicava-se por 800, que era o número de exemplares da tiragem. Foi ler a matéria, escondido, no mictório do colégio, e quando saiu ao pátio, recebeu logo um abraço de Soninha, que também levava um exemplar.

— Viu, só dá você nesse número do jornal!

— Zaíra exagerou na badalação — disse Augusto. — Fala de mim como se fosse um ator consagrado.

— E não é?

— Ninguém é nada neste mundo sem um currículo. Nem estreei ainda.

A circulação do jornal não deu o resultado que a diretoria do grêmio esperava. Ela queria, pela propaganda, calar os despeitados que se manifestavam contra a escalação de Augusto, o que não aconteceu. Mais numerosos e mais declarados reuniram-se ao redor de Lauro começando a pichar abertamente o processo de escalação, julgado arbitrário.

Lauro foi até o mais ponderado de todos:

— Agora não adianta badernar. A escalação está feita e os ensaios já começaram. O que nos resta fazer é não reeleger essa diretoria no ano que vem. Geraldo e Julinho enganaram o eleitorado.

A atitude madura de Lauro não impediu, porém, que muitos alunos fizessem picadinho dos seus exemplares, espalhando-os como confetes pelo pátio. Alguns os queimaram, iniciando uma vaia quando Zaíra, Guilherme, Julinho ou Geraldo passavam.

Augusto voltou cedo para casa, preparando-se para os ensaios da tarde. Sua resposta só poderia ser uma boa atuação na peça, algo tão bem-sucedido que abafasse a escolha protecionista. Sua mãe continuava ajudando-o a decorar o papel. Todas as manhãs dedicava duas horas ou mais ao filho. Decorar, porém, com os ensaios de palco, não era tudo. O difícil era aliar as falas à ação das pernas, à movimentação dos braços e às expressões do rosto, coordenando sua interpretação com a dos outros atores.

— Sabem o que são vasos comunicantes? — perguntou o diretor impaciente. — A emoção de um passa para outro, o que modifica o comportamento de todos. Se um dá um grito de dor os demais reagem ao grito, mesmo não sentindo dor alguma. Claro?

Além de preocupar-se com sua própria interpretação, crua e indecisa, Augusto tinha ainda de preocupar-se com a dos outros, e, como cabeça de elenco, filho de ator famoso e manchete do jornalzinho do colégio, não podia ao menos demonstrar sua confusão interior. Numa semana de ensaios Augusto teve a nítida impressão de que não fazia progresso. Até invejava Nando e Paulo, que tendo pequenos papéis, podiam assimilar mais facilmente as instruções do Duarte.

— Não estou indo bem — confessou um dia à Soninha, à saída do colégio.

– Os ensaios estão no começo, Augusto, vá em frente. Você acaba se encontrando.

Igual confissão Augusto fez à sua mãe:

– Não imaginava que interpretar fosse tão difícil...

– Se fosse fácil sobrariam grandes atores por aí. Seu pai mesmo somente nos últimos anos tornou-se um ator de verdade. Antes só fazia sucesso por causa da sua boa aparência e de sua simpatia.

– Mas eu não disponho de anos para me aperfeiçoar... A inauguração será dentro de quinze dias.

A mãe de Augusto ficou contaminada pela mesma preocupação.

– Fale com seu pai, ele lhe poderá dar bons conselhos sobre interpretação. A propósito, você ainda não viu a peça em que está trabalhando. Por que não vai esta noite ao teatro? Depois, passe pelos camarins.

– Vou, sim, mãe. É mais fácil conversar com ele no teatro que em casa.

UM REI EM CENA

À noite Augusto foi ao teatro. O nome de seu pai estava lá em luminosos juntamente com o da peça. Para chegar à bilheteria teve de entrar numa fila lenta e tumultuada. Vendiam os últimos ingressos.

– Lamento, moço, mas não temos mais entradas – disse-lhe o bilheteiro.

– Sou filho de Roberto Marques. Será que não podia dar um jeito?

O bilheteiro sorriu, surpreso.

– Você não precisava ter ficado na fila. Sempre reservamos alguns lugares para amigos ou para a imprensa. Não se incomoda em sentar-se na primeira fila lateral?

– Claro que não. E muito obrigado.

O teatro estava lotado e ruidoso. Augusto sabia que não se tratava duma peça de grande categoria. Era o nome do pai que vinha esgotando duas sessões diárias, de quarta a domingo, há três meses. Enquanto aguardava o início do espetáculo, Augusto lembrava-se de que poucas vezes em sua vida vira o pai representar no palco e que nunca acompanhara do princípio ao fim as consecutivas telenovelas que estrelava. Havia nesse procedimento alguma relação ou animosidade pelo fato de ele não dedicar à sua mãe tempo e lazer que ela sempre reclamara? Seria mesmo um grande amigo de seu pai? Brigas nunca haviam tido, Roberto Marques nunca fora um pai exigente ou irascível. Mas seriam amigos? Perguntas que se fazia, olhando para a cortina cerrada do palco, sem formular as respostas.

Quando o espetáculo teve início sentiu uma sensação toda expressa em temores. Parecia que ia ver a si próprio, naquele palco, representando uma peça. Roberto Marques não figurava nas primeiras cenas. Mas quando surgiu, alto, descontraído, seguro, um discreto rumor ergueu-se da plateia. Era o ator esperado, por quem o público tinha se alinhado nas filas, reservado e pago ingressos. Augusto observou que mal se olhava para os outros atores, e que só as falas e movimentação do astro principal interessavam aos espectadores.

E era o que seu filho, Augusto, da primeira fila, fazia. Não tirava os olhos do pai. Roberto Marques mexia-se no palco como no próprio *living-room*. Sabia sentar-se sem comprometer o friso das calças e quando se punha de pé, outra vez, parecia obedecer à sua própria vontade e não à marcação teatral. Num momento em que era para fazer o público rir, arrancou gargalhadas gerais com um simples gesto. E relacionava-se com os outros personagens com a mesma espontaneidade das festas periodicamente realizadas em sua casa, ao redor da piscina. Sua qualidade mais evidente era a voz, instrumento de trabalho, usado com maestria. Pronunciava bem as palavras, sem engolir nenhum *esse*, e projetava-as com vigor para que fossem ouvidas, claramente, até a última fila do teatro. Incompreensível como alguns críticos teimavam em encontrar defeitos em sua interpretação. Mas um ator que tinha aquele público, fiel e entusiasmado, não podia preocupar-se com isso.

No intervalo, indo para a sala de espera, Augusto só ouviu elogios ao pai, o melhor da peça, diziam. Voltou para assistir ao segundo ato achando que já aprendera alguma coisa. Descontração. O grande segredo de Roberto Marques. Ele não dava a impressão de que estava no palco executando um trabalho, mas divertindo-se. Sua interpretação não parecia o resultado de ensaios, sempre improvisada. Talvez consiga essa naturalidade porque o palco e os estúdios são a sua vida. Nasceu para representar. Posso dizer o mesmo de mim?, perguntou-se Augusto.

No final do espetáculo o público levantou-se para aplaudir. Quando Roberto Marques curvou-se para agradecer, Augusto temeu por um desabamento. Era um rei que se despedia.

Assim que o público começou a abandonar o teatro, a sorrir, ainda saboreando os restos do prazer proporcionados pelo espetáculo, Augusto dirigiu-se aos camarins. O corredor que os unia estava lotado de amigos dos atores, jornalistas e curiosos, aquele tipo de gente que só se satisfaz se tocar os artistas com as próprias mãos. Roberto já se refugiara no seu camarim para trocar de roupa, ao contrário dos outros, menos famosos, que necessitavam recolher elogios.

Augusto teve de esperar cerca de meia hora para ver o pai reaparecer. O pequeno público que o esperava cercou-o. Fora do palco, Roberto Marques, menos acessível, defendendo sua privacidade, não dava muito expediente aos admiradores, demonstrando inclusive um certo ar de vítima, alguém cuja fama já era um fardo cansativo.

— Pai! – chamou-o Augusto.

Roberto Marques viu o filho, sorriu e foi abraçá-lo. Ótimo pretexto para desvencilhar-se dos admiradores obsessivos.

— Assistiu à peça?

— Assisti, embora a sessão estivesse esgotada.

— É o que vem acontecendo todas as noites. Gostou?

— Me diverti muito, pai. O senhor está ótimo. Tem algum compromisso agora?

— Vou cear com um casal de amigos. Quer ir comigo?

— Quero.

Roberto, que estranhara a presença do filho nos camarins, quis saber:

— Algum grilo?

— Nenhum — respondeu Augusto. — Apenas lhe falar sobre a peça da inauguração do auditório. Quem sabe me passe alguns macetes. Ainda não sou um Roberto Marques.

— Mas chega lá — disse o ator. — Vamos cear. Iremos com o Novais, ator aqui da peça, e sua mulher, que é tradutora. Boa gente. Ah, lá estão eles!

Quase fugindo dos admiradores, Roberto escapou pela porta dos fundos, com o filho, Novais e sua mulher Marta, apresentados às pressas a Augusto, quando se dirigiam ao Mercedes, nas proximidades do teatro. Algum tempo depois os quatro acomodavam-se num dos melhores restaurantes da cidade, onde Augusto nunca entrara, e que, no dizer de Roberto Marques, apresentava a vantagem de não ser frequentado pelos seus fãs mais afoitos.

— Aqui se pode conversar — disse.

O Novais e sua mulher Marta logo concentraram toda sua atenção em Augusto, principalmente ela, que disse:

— Você tem a pinta de seu pai. Por que não entra para a carreira?

— É o que estou fazendo — respondeu Augusto, que contou sua experiência teatral, no colégio. — Mas não está mole, não. Ainda hoje, vendo o pai interpretar, me perguntei se puxei sua vocação. Tenho dúvidas.

— Mas não é hora de abandonar o barco — disse-lhe o ator. — Já que começou deve ir até o fim e fazer tudo da melhor forma possível.

— Não vou cair fora — assegurou Augusto. — Mas continuo tremendo toda vez que piso o palco para os ensaios.

— Isso ainda me acontece — disse Roberto.

— Hoje o senhor não estava tremendo — replicou Augusto.

— Estava, sim, porque cada apresentação é um novo espetáculo. Aquela naturalidade que viu é falsa. Diria até que é meu escudo, minha defesa. Quando pareço muito natural, no íntimo estou vacilando. Pergunte ao Novais se não é assim.

Novais, que Augusto vira representar no teatro com tanto brilho, concordou.

— Hoje, por exemplo, fiquei nervoso e saltei falas. Não se impressione, Augusto. Ninguém é robô.

— Vocês sabem representar e eu ainda estou na cartilha — disse Augusto. — Quando me embaraço, paro mesmo.

— Isso porque está nos ensaios — comentou Marta. — Mas fique firme. Vamos lhe dar uma força no dia do espetáculo. Quando será?

— Dia 25, às 9 da noite, e haverá duas filas reservadas aos convidados especiais. E os amigos de meu pai estão dispensados de convite.

Roberto Marques repousou a mão sobre o ombro do filho.

— Pode garantir ao Antunes que vamos encher as duas filas, não é, Novais? Levaremos amigos do teatro, da tevê e do cinema. Apesar de ser num colégio, sua estreia será em grande estilo, na presença dos maiorais da profissão.

Não era bem o que Augusto desejava ouvir. Fora lá à procura de apoio, não de aplausos, mas deu para entender que fazia um voo solitário, e que o sucesso só dependeria de seu esforço pessoal. Seria assim em qualquer carreira.

O PALCO VIRA CENÁRIO, O MEDO VIRA PÂNICO

Duarte Pessoa dedicava a Augusto uma dose de paciência especial, não porque ele fosse o filho de Roberto Marques, mas porque se fracassasse o espetáculo naufragaria. Mesmo não sendo uma apresentação profissional, o diretor se esmerava por se considerar bem pago e porque em sua carreira qualquer tropeço acaba sempre repercutindo mal. Para que o ator principal se desembaraçasse, procurou conversar com ele fora do horário dos ensaios.

— Você continua duro, Augusto. Tenso demais. Solte os músculos como se fosse nadar ou dançar. Contração prejudica. E mais cuidado na emissão de voz. Está articulando mal as palavras e em tom baixo. Veja o Vilaça.

Ele, o ator principal, tinha de se guiar pelo Vilaça, que só ficava vinte minutos em cena.

— Vou melhorar — garantiu Augusto.

— Sei que vai, mas vá começando desde agora.

Se levava o trabalho a sério, Augusto passou a esmerar-se ainda mais. Pela manhã, com a ajuda carinhosa da mãe, dedicava-se a decorar o texto; à tarde, ensaiava no palco; e à noite, sozinho, com a peça teatral nas mãos, procurava relembrar tudo o que o diretor lhe ensinara, lendo-a em voz alta. Às vezes, Soninha telefonava.

— Vamos dar um passeio por aí, gato?

— Não dá pé, estou estudando o papel.

— Uma horinha só, apenas para refrescar a cuca.

Nem sempre Augusto aceitava o convite. O que adiantava sair com a namorada estando com o pensamento nos ensaios? Voltava às pressas e atirava-se ao trabalho.

Duarte começou a marcar o segundo ato, eram dois. O elenco, com exceção do Vilaça, continuava cru. Passou a marcar ensaios à noite também, três vezes por semana. E aos sábados e domingos. Mary e Nando demonstraram progresso, já mais soltos e seguros como o Vilaça. Augusto, porém, se melhorava seu desempenho numa cena, noutra perdia o pique e confundia tudo.

Geraldo, que às vezes se sentava à plateia para assistir aos ensaios, comentou com ele:

— Você não está mal, o que está atrapalhando é certa inibição. Fale mais alto, ande mais firme.

— Mas estou melhorando, não acha?

— Parece.

Marcado o segundo ato, Duarte determinou que os ensaios seriam por inteiro, do começo ao fim, para que todo o elenco tivesse uma ideia mais clara do conjunto. A essa altura os atores já haviam decorado a peça, menos Augusto cujo papel era maior e mais complicado.

Um dia ao atravessar o pátio do colégio Augusto topou cara a cara com Lauro.

— Soube que você está se saindo melhor que a encomenda — disse ele.

Ironia. Augusto percebeu. Não devia ser o que comentavam. Em seguida, passou pela sede do grêmio, onde encontrou Guilherme, Zaíra e Julinho. Saiu com a impressão de que estavam preocupados. Zaíra mal olhou para ele.

O dia todo concentrado na peça, Augusto andava desatento nas salas de aula e em todo lugar que reclamasse sua atenção. Sentia até inveja do Vilaça e da Mary que curtiam a peça, divertiam-se e que estavam sempre falando dela como um barato, uma gostosa brincadeira. Para ele os ensaios eram uma batalha.

— Você está emagrecendo? — perguntou Dorinha, uma das empregadas de sua casa.

— Eu, emagrecendo? Está cega — respondeu como se ofendido.

Mas Dorinha sabia ver; Augusto emagrecera uns três quilos e empalidecera. Tratou de alimentar-se melhor, e no primeiro domingo, cedo, foi ao clube tomar sol e praticar um pouco de esporte. Voltou para casa mais disposto.

Augusto acreditou que já se desembaraçava nos ensaios quando sofreu um impacto. Operários montavam a cenografia. O que não passava dum espaço vazio, o palco, logo se transformou numa sala com duas portas, coluna, uma escada, algo excessivamente real. Nesse dia esqueceu todas as marcações que o diretor determinara. Na segunda-feira seguinte o palco estava completamente vestido: tapete, um grande sofá, três poltronas, mesa, e a decoração constituída de quadros nas paredes, estatuetas, vasos com flores artificiais e uma estante com livros. O elenco já não teria de imaginar uma sala, ela estava lá, armada. A inauguração do auditório deixava de ser um projeto, já era uma realização. E a realidade da cenografia ganhou ainda mais impacto e detalhes quando toda uma parafernália de iluminação foi testada sob a orientação exigente de Duarte Pessoa.

Pela primeira vez o professor Antunes surgiu no auditório para ver a cenografia iluminada e ficou empolgado.

— Pelo menos a casca do espetáculo está bonita! — exclamou. — Confesso que não esperava tanto. Isso aí é coisa de profissional!

Logo chegava toda a diretoria do grêmio, que também se encantou com o cenário e as luzes. Valera a pena o sacrifício até ali. Geraldo aproximou-se do Duarte para perguntar:

— E o elenco, correspondendo?

— Quanto ao Vilaça e à Mary, estão me agradando bastante. Nando também não compromete.

— E o nosso Augusto Marques?

O diretor não respondeu logo, mas disse:

— É minha preocupação. Pensei até em trocar os papéis.

— Trocar, como?

— O Vilaça faria o papel do galã e Augusto o do Vilaça.

— Não é possível — replicou Geraldo. — Toda publicidade será concentrada no Augusto, filho de Roberto Marques. Depois, ele talvez não aceitasse um papel secundário.

Duarte não insistiu:

— Sei de tudo, por isso estou exigindo o máximo dele. Mas o rapaz ainda não se entrosou no elenco. Quando entra no palco parece que está em visita ao auditório. Não engrena.

— Vamos dar uma prensa nele — disse o presidente do grêmio.

Naquele mesmo dia Augusto foi chamado à sede, onde todos os diretores do grêmio estavam reunidos, e Geraldo, embora constrangido, falou com franqueza.

— O Duarte está preocupado com você.

— Por quê?

— Me disse que você está meio por fora na peça. Ainda não entrou pra valer.

— Estou fazendo o que posso — defendeu-se Augusto. — Como sabem, nunca havia pisado num palco e o papel é imenso.

— Ele pensou até em trocar seu papel com o do Vilaça...

— Duarte disse isso?

— Disse, mas não vai acontecer — interveio Zaíra. — Nem haveria tempo para trocas. A gente chamou você aqui para... pegar o peão na unha, como costumava dizer meu pai. Vá fundo no papel, solte-se, crie, agarre ele!

Augusto deu a todos uma esperança.

— Agora que está tudo montado acho que vou me desempenhar melhor. E ainda temos quinze dias de ensaios.

— Doze — corrigiu Julinho.

— É tempo suficiente para eu entrar melhor no personagem.

Mas, no mesmo dia, conversando com Soninha na esquina do colégio, Augusto fez-lhe uma confissão:

— Acho que fiz besteira.

— Que besteira?

— Não devia ter aceitado o papel. Parece que não tenho vocação para a coisa. É isso aí.

Soninha não gostou do que ouviu.

— Como sabe se não tem vocação se a peça ainda não foi encenada? Você está é inseguro porque o papel é grande e porque tem a responsabilidade de ser filho dum ator famoso. Mas precisa reagir. Vá em frente. Coragem.

— É difícil ir em frente quando o próprio Duarte anda meio desanimado comigo.

— Ora, isso deve ser outro motivo para provar o seu valor. Um desafio, entende?

Desafio. Augusto assustava-se com essa palavra que parecia ter sido inventada apenas para uso de heróis. Numa prova de natação no clube, sentira-a na pele, quando esperavam que vencesse, e entre dez concorrentes chegou num modesto quarto lugar. Jamais voltara a participar de provas. Detestava desafios, que exigiam esforços mais para a satisfação momentânea do público. Quantos vencedores nos esportes, nas artes, na política, depois de aclamados, acabavam caindo no esquecimento com todos seus troféus, prêmios e álbuns de notícias!

— Foi um desabafo — disse à Soninha. — Com você posso ser sincero, não? Mas não esquente. Eu ganho essa parada.

Soninha abraçou-o.

— Tenho certeza disso. Ah, ia esquecendo de dizer. Minha família vai em peso assistir à peça. — E confessou: — Todos já sabem do nosso namoro e estão doidos pra conhecer você.

O ENSAIO GERAL

Augusto voltou a assistir à peça em que seu pai trabalhava como mero espectador, pagando ingresso. Queria assim fixar melhor o que já apreendera da arte de representar e quem sabe imitar o pai. Numa das vezes inclusive levou Soninha junto.

— Seu pai é o máximo — comentou a namorada, à saída do teatro.

— Nem toda crítica diz isso.

— Puro despeito! Se fosse feio os mesmos críticos diriam que é um gênio. A pinta que ele tem... arrasa. E é o que você também tem. O que o público quer é ver uma boa figura.

— Será que é só isso?

— Principalmente isso. Por isso esbanje confiança. Nem de longe pense em desagradar. O artista precisa passar um alto-astral. Seu pai manja disso.

Soninha podia não estar certa, mas imprimia uma certa dose de coragem em Augusto. A única pessoa que conseguia afastar dele o medo do fracasso. A turma do grêmio andava cheia de receios, seus colegas de elenco apenas preocupavam-se com sua própria interpretação, sua mãe auxiliava-o a decorar o papel, porém não sabia nem tentava incutir-lhe a confiança de que necessitava, e a seu pai não sobrava tempo para ele.

— Amanhã é o ensaio geral — disse-lhe Augusto encontrando-o de passagem no corredor da casa.

— O ensaio geral é sempre ilusório — comentou o pai. — Se sai bem, a estreia é péssima. Se sai mal, a estreia será um sucesso. Nenhum ator tarimbado o leva a sério. É assim.

O ensaio geral foi à noite de segunda-feira, na véspera do espetáculo de inauguração do auditório, terça, quando os atores profissionais gozam o descanso de início de semana. Duarte proibiu a presença de público, para evitar inibições, tanto que nem Antunes compareceu. Apenas o pessoal da equipe técnica esteve presente e um representante do grêmio, Zaíra. Geraldo, muito nervoso, cedeu-lhe o lugar.

Para acalmar o elenco, Duarte Pessoa disse:

— Embora seja este o ensaio geral, se for necessário, repetiremos cenas que necessitem dum repasse. Nada de nervosismo. Ainda não é o dia.

Uma profissional maquiou os atores num dos camarins. Pela primeira vez Augusto sentiu um preparado de maquiagem sobre a pele, sensação desagradável. Mas mesmo enquanto trabalhavam seu rosto, lia o texto. Ao sair do camarim até estranhou o elogio que Mary lhe fez, o único durante os ensaios.

— Você fica muito bonito maquiado. Parece um ator de verdade.

A cena inicial era entre Mary e Paulo. A um sinal dum assistente de Duarte, que seguia o texto com a peça nas mãos, Augusto entrou. O diretor estava na fila A, atento. Deu uma volta pela sala, examinando o ambiente e depois disse:

— *Isto aqui não é tão feio como me disseram. Acho até que vou me dar bem. E se surgirem problemas, resolvo.*

Em seguida, o talentoso Vilaça entrava em cena.

— *Eh, você, o que faz nesta casa? E quem é você?*

— *Você não é o Aderbal?*

— *Sou.*

— *E o que você faz aqui, Aderbal?*

— *Ora, nasci nesta casa.*

— *Já desconfiava disso. Encontrei a parteira na escada.*

Augusto dizia suas falas ou respondia às de Vilaça automaticamente, mas pronunciando bem as palavras. Tinha a impressão de que ia melhor que antes. Logo depois numa cena em que contracenou com Mary mostrou tanta descontração que ela ficou surpresa. Após três cenas, saiu do palco.

Uma voz se elevava na coxia. Quem estava lá, falando alto? O assistente de Duarte tentava acalmar tal pessoa. Augusto aproximou-se dela. Era Santana, o autor da peça. Certamente aparecera sem ser convidado.

— O que fizeram com minha peça? — protestava. — Mudaram quase todas as falas e cortaram três cenas!

— Isso é com seu Duarte — dizia o assistente.

— Onde está ele?

— Na primeira fila.

Santana era velhinho, mas elétrico. Todos ouviram seus passos descendo uma escada interna. Quando Augusto voltou ao palco para nova cena com o Vilaça, viu o ex-professor falando em voz alta com o diretor.

— Eu não autorizei nenhuma mutilação — clamava.

— Não mutilei coisa nenhuma — rebatia o diretor. — Apenas fiz uma limpeza no texto e buli um pouco nas falas.

— Um pouco? No que eles estão dizendo não reconheço uma única fala minha.

— O texto como estava era irrepresentável. Havia palavras que ninguém diz há décadas. Qual é o jovem de hoje que sabe o que é escrínio, trigueiro e que ainda diz sossega, leão?

— Se não gostou da minha obra por que não me disse pessoalmente?

— Pois digo agora: fecal.

— O quê? — exclamou Santana, recuando um passo como se empurrado pelo cheiro da palavra. — Fe... Isso é um insulto.

— Sente e assista à peça, professor. Veja que milagres fiz com meu lápis vermelho. Consegui atualizar um texto que já era velho quando eu nasci.

— Vou reclamar ao professor Antunes — berrou o autor da peça. — Exijo que minha obra volte a ser ensaiada da forma que escrevi.

— Na véspera do espetáculo? — lembrou-o Duarte. — Não sabe que é amanhã? Este é o ensaio geral.

Santana abandonou o auditório e dirigiu-se ao edifício ao lado. Invadiu a sala da diretoria já com um grito de protesto na boca, mas quem estava lá era apenas uma secretária que informou onde o diretor estava: na sala de reuniões com todo o corpo docente. Podia esperar? Não. O autor disparou para a sala de reunião. Abriu a porta, foi entrando.

O professor Antunes estava à cabeceira duma enorme mesa à qual se sentava o que parecia ser seu conselho diretor completo. Notando o rancor que se estampava na face de Santana, que se aproximava, levantou-se e anunciou:

— Caríssimos mestres, com os senhores, o autor: Mauro Santana.

Não há ataque de ódio que resista a aplausos. Santana controlou-se.

— Não sabia que estavam reunidos.

— Chegou a propósito – disse-lhe Antunes. – Amanhã quero que suba ao palco para receber um troféu em sua homenagem.

— Oh, não mereço...

— Sua peça é ótima – elogiou um dos lentes.

— Foi escolhida por unanimidade – exagerou Antunes, que escolhera a peça sem consultar ninguém. – Um chiste só – comentou, usando uma palavra com certeza do agrado do velho professor. – Viu os ensaios?

— Vi uma parte... O tal ensaiador fez algumas alterações... Cortou coisas. Inverteu a ordem de algumas cenas. Pôs umas gírias moderninhas...

— Quase todo diretor teatral age assim – argumentou o professor Antunes como se lhe desse uma dose de calmante. – Mexem até em Shakespeare... O importante é o que vou lhe mostrar agora. Sabe o quê? Os anúncios que sairão amanhã nos jornais. Como não ignora, sua peça será o ponto de partida duma grande carreira teatral. Augusto Marques, filho de Roberto Marques, é o ator principal. Pegue a pasta – pediu a um auxiliar. – Quero que veja, professor, a publicidade que faremos desse evento. O mesmo que se faz quando se lança um novo tipo de refrigerante.

O protesto do professor Santana tirou Duarte Pessoa dos trilhos, que entregou a responsabilidade do ensaio geral ao assistente e foi ao bar beber um pouco e espairecer. Quando voltou estava desconcentrado. Preocupou-se mais com a iluminação e detalhes técnicos. Que adiantava fundir a cuca para beneficiar um autor como aquele? Escrínio! Melhor rir. No final do ensaio subiu ao palco e disse aos atores:

— Parece que está bom. Façam o máximo amanhã. Cuidado na entrada das cenas. E por favor não andem como elefantes em rinque de patinação no gelo. Muita naturalidade quando se moverem no palco. Isso é tudo.

Augusto deixou o auditório com a impressão de que nunca interpretara tão bem. Seria por que o diretor estivera ausente quase o tempo todo? Mas ao sair do auditório, na sala de espera, teve uma grande surpresa: seu pai estava lá conversando com o professor Antunes e mais dois outros da diretoria do colégio.

– Aí está o Augusto – disse ele. – O professor Antunes me telefonou e vim para amarrarmos as coisas.

– Estamos muito gratos a seu pai. Ele veio me garantir que trará toda uma constelação de astros.

– É verdade, filho – confirmou o ator. – Somente de tevê virão doze, já confirmados. Da minha peça, o elenco todo, nove, fora outros que me deram a palavra que não faltariam. E mais – acrescentou, tendo deixado o melhor para o fim – virá também o diretor artístico do canal de televisão. Se você se sair bem, o que certamente acontecerá, assinará em seguida seu primeiro contrato.

– Isso que é pai! – comentou Antunes. – Está com o futuro garantido, Augusto. Parabéns!

Os outros professores também cumprimentaram o jovem ator, que abandonou o auditório com o pai, feliz com a surpresa e com a possibilidade de, num papo amistoso, aprender com ele algo mais que lhe garantisse o sucesso no dia seguinte. Mas isso não aconteceu porque Roberto Marques, empolgado com seu êxito teatral e com o dinheiro que sua peça estava rendendo, falou apenas desses dois felizes acontecimentos, sem tempo de ouvir o que o filho tinha a dizer.

Em casa foram, pai e filho, para a cozinha, comer frutas antes de dormir, mas mesmo assim, na intimidade desse ambiente, Augusto não teve oportunidade de falar de seus receios e problemas porque Roberto juntamente com uma pera continuava mastigando e saboreando a sua glória.

A GRANDE NOITE DA INAUGURAÇÃO DO AUDITÓRIO

Augusto acordou cedo, mas o correto seria dizer que quase não dormiu aquela noite. Muito antes do café da manhã já estava com a peça teatral nas mãos. Leu em voz alta todas as suas falas do primeiro ato. Ao tentar dizê-las de cor sentiu aquele branco, o terror dos atores, em que a memória falha totalmente. Seu pai também, sempre costumava dizer, já tivera muitos "brancos" no palco, embaraço que só se tornava engraçado quando não causava maiores consequências. Era nessas circunstâncias que os bons atores mostravam sua tarimba: tendo esquecido o papel, inventavam, saltavam trechos, tiravam de letra.

A mãe de Augusto entrou na cozinha:

— Que foi, madrugou?

— Mãe, a senhora tem tempo esta manhã? Queria dar mais uma passada no papel.

Mãe e filho foram para o jardim de inverno. Branco é coisa momentânea, passara. À medida que ela dava as deixas — as últimas palavras ditas pelo personagem que dialogava com o seu — Augusto dizia suas falas. Numa ou noutra hesitava, logo retomando o fio da meada. Nas falas maiores, bifes na gíria teatral, trocava algumas palavras, o que só o diretor e os colegas de palco notariam. Ao terminar o exercício, estava suado.

— Como me saí? — perguntou à mãe.

— Errou muito pouco. Vamos outra vez, com mais interpretação?

Um tanto cansado, Augusto errou mais vezes o papel, mas interpretou melhor. A mãe sorriu, animadoramente. Ele não se deu por satisfeito: foi para o quarto e leu todas as falas outra vez em voz alta. Como dormira pouco, o sono veio. Deitou-se na cama e só acordou quando a empregada o chamou para o almoço.

Depois do almoço Augusto recebeu a visita de Geraldo e Julinho.

— Como estão os ânimos? — perguntou Geraldo.

— Já li a peça três vezes hoje. Como me portei ontem no ensaio geral?

Geraldo e Julinho entreolharam-se como se decidissem quem falaria. Foi o presidente quem abriu a boca.

— Ontem, devido à briga entre Santana e Duarte ninguém interpretou bem. Aquele velho gagá acabou com o ensaio geral. Desarticulou tudo.

— Foi uma pena – disse Augusto. – Eu estava muito embalado.

Julinho fez sua pergunta:

— Você está nervoso?

— Não – respondeu Augusto. – Isto é, um pouco... Pareço nervoso?

— Parece – disse Geraldo. – É natural numa estreia. Tome um calmante hoje à noite.

Augusto percebeu que seus colegas estavam preocupados com ele e não gostou disso.

— O que há? Não estão confiando em mim?

— Nós estamos – respondeu Geraldo precipitadamente. – Mas alguns não.

— Lauro e sua turma?

— Não, falo dos nossos. Mas não encuque. Se não está nervoso, ótimo.

Augusto, irritado, quis saber mais:

— Quais não confiam? Podem dizer.

— O Guilherme e a Zaíra ouviram umas fofocas do pessoal do elenco e andam assustados.

— Que fofocas? Já que começaram, continuem.

— Deixe pra lá – disse Julinho. – O importante é que você...

Augusto não era de deixar pra lá.

— Que fofocas?

— O tal Vilaça e o Nando...

— ... o Paulo também – acrescentou Julinho.

— Andaram dizendo que você não se enquadrou no papel, que seu trabalho está muito cru ainda e que o Duarte...

— Continue – exigiu Augusto. – O que disseram do Duarte?

— Que ele até desistiu de dirigir você. Um dia falou pra turma que milagre não faz. Você está muito duro, emperrado...

— Que cafajeste! — bradou Augusto. — Por que não disse isso para mim durante os ensaios? Até que não perdeu muito tempo comigo. Não devia ter dito essas coisas.

— Será que ele não gosta de seu pai... A gente nunca sabe do que as pessoas são capazes — disse Julinho. — Pode ter abandonado você propositalmente.

Augusto, um tanto descontrolado, voltou-se contra os colegas:

— Vocês que me meteram nessa, eu não queria trabalhar na peça.

— Calma! — pediu Geraldo. — Não viemos aqui para deixar você grilado. Nossa intenção é outra. Queremos que saiba de tudo isso para reagir, levar a coisa a sério, fazer o melhor possível. Um pouco de raiva às vezes ajuda. Suba no palco disposto a arrasar. Há muita gente torcendo por você. A Soninha organizou um verdadeiro fã-clube... E todos os amigos de seu pai vão estar lá. Queremos que se esforce, que lute, que engula os outros atores um a um... Certo?

Augusto despediu-se dos amigos e voltou para o quarto a fim de ler a peça mais uma vez. Logo a porta abriu e uma senhora vestindo um belíssimo traje entrou.

— Mãe! Como a senhora está bonita! Aonde vai com essa roupa?

— Ora, vou à estreia do mais talentoso ator da nova geração! Nenhuma estreia de seu pai me empolgou tanto!

Augusto dirigiu-se ao auditório do colégio de táxi, pois desta vez seu pai e sua mãe sairiam juntos. Ao chegar, teve uma surpresa: embora cedo havia muitos carros disputando espaço para encostar nas imediações e um caminhão para gravações externas da emissora onde seu pai trabalhava já estava lá. Viu também o emblema duma conhecida estação de rádio na porta duma caminhonete. Transpunha o portão de entrada do colégio quando uma repórter radiofônica, com microfone em punho, aproximou-se.

— Uma palavrinha, Augusto. Como é que está se sentindo para a estreia? Pode falar. Estamos no ar.

Augusto nunca falara num microfone. Teve de engolir em seco, com o coração disparando, para responder:

— Uma estreia é uma estreia. Para mim é uma sensação nova. Estou meio zonzo.

— Você espera chegar a ser o sucessor de Roberto Marques?

— Eu? O público é que poderá dizer isso. Mas sei que não será fácil.

Ao passar diante do auditório, alguém o deteve pelo braço: Soninha. Nunca a vira tão linda!

— Sabe que o auditório está quase cheio? Ainda bem que reservaram duas filas para os convidados especiais. Aliás, já estão chegando.

— Bem, vou para o camarim.

— Felicidades! E não se importe com esses que estão fazendo corrente negativa.

Então Soninha também sabia?

Augusto chegou aos camarins onde todos os atores, o assistente e a equipe técnica já estavam. Entrou no seu e vestia a roupa de seu personagem quando Vilaça, já vestido, entrou sem pedir licença. Tinha algo importante a dizer.

— Sabe que o Duarte não vem?

— Como não vem?

— Dizem que recebeu o pagamento, deixou o assistente em seu lugar e se mandou. Parece que não quer assumir responsabilidade. Papelão!

Certamente decidiu não vir porque teme que eu afunde o espetáculo, pensou Augusto. Só pode ser isso. Saindo do camarim ouviu um alarido que vinha de fora.

— Que é isso? — perguntou.

Mary graciosamente informou:

— Um grande ator chamado Roberto Marques está chegando!

Logo em seguida, Nando dava outra notícia:

— O teatro está lotado. Já tem gente sentada nos corredores e muitos ficarão de pé.

Mal terminava de dizer isso, o professor Antunes surgia nos camarins eufórico, abraçando a todos que encontrava. A Augusto reservou um abraço especial.

— Agradeço esse sucesso a você, rapaz. Seu pai não só veio como trouxe uma porção de artistas famosos. Lia Arantes está aí. Iara Macedo, Paulo Novais, Artur Blanco e muitos outros. Ah, o diretor-geral do Canal 15 também veio. Isso sem falar de autoridades e representantes do prefeito e do governador.

— Duarte Pessoa não veio — disse Augusto.

— E ele faz falta? Já fez o seu trabalho. Agora faremos uns discursozinhos e a peça terá início.

Esperar pelos discursos aumentou a tensão nos camarins. Até Vilaça, sempre tão solto, estava uma pilha de nervos. Nando confessava ter tomado calmante e Paulo ia dum lado a outro cheirando conhaque. Um parecia não tomar conhecimento do outro, por isso Augusto estranhou quando Mary o abraçou carinhosamente.

— Você está bem?

— Nem sei.

— Mantenha a calma. Puseram coisas demais sobre seus ombros.

— Estou achando que sim.

— Sabe o papel todinho de cor?

— Neste momento não estou lembrando nada.

— Ficarei perto de você. Tenho boa memória e poderei ajudá-lo — disse Mary, que se afastou dele com um beijo no rosto.

Os discursos aborreciam, mas a emoção para Augusto e os outros aumentou quando terminaram. A peça ia começar. Os atores começaram a se movimentar na coxia, principalmente Mary e Paulo que fariam a primeira cena. Este virou um pequeno frasco na garganta, era conhaque, sim. Vilaça movimentava braços e pernas como se fosse entrar num tablado para lutar boxe. Nando rezava, encostado a uma parede. Augusto sentiu dores no estômago.

81

As cortinas abriram já mostrando Mary e Paulo no cenário. Augusto não conseguia ouvir o que diziam, aguardando o sinal do assistente. Lembrou-se dum filme em que um condenado caminhava para a cadeira elétrica. O sinal.

Augusto entrou no palco com a impressão de que as pernas não obedeciam a seu comando. Tinha que examinar o ambiente para depois falar, detendo-se diante de alguns objetos, mas a inconsistência das pernas, amolecidas, era sua maior preocupação. E o pior é que a voz também estava como as pernas, mole.

— *Isto aqui não é tão feio como me disseram. Acho até que vou me dar bem.* — Ao dizer a última frase: — *E se surgirem problemas, resolvo* — fez a besteira de olhar para a plateia, concentrada nele.

Quando Vilaça entrou ainda sofria o impacto do público.

— *Eh, você, o que faz nesta casa? E quem é você?*

Augusto, que deveria reagir logo, marotamente, à entrada do personagem, provocou um vazio no diálogo.

— *Você não é o... Aderbal?*

— *Sou.*

— *E o que faz você aqui, Aderbal?*

A frase teria graça se Augusto demonstrasse a mesma surpresa do Aderbal (Vilaça). Mas falou baixo, retornando a olhar a plateia.

— *Ora, nasci nesta casa.*

Podia ter sido a primeira gargalhada do espetáculo se Augusto estivesse atento e controlado:

— *Já desconfiava disso. Encontrei a parteira na escada.*

A partir daí Augusto só dizia o papel. O que era nervosismo virara dor de estômago, dificuldade de respirar, calor exagerado e moleza nas pernas. Numa cena, com Mary, que interpretou sentado, quase alcançou o ritmo dos outros atores, porém na seguinte, com Nando e Paulo, em que precisava circular pelo palco, novamente sentiu-se como se fosse desfalecer. Nas demais cenas do ato teve a impressão de que a peça só caminhava graças ao resto do elenco, esforçando-se em suprir suas deficiências.

O branco, temido, ameaçou-lhe diversas vezes, só não interrompeu a representação graças a Mary que discretamente soprou suas falas.

Hesitante, suado, saltando palavras ou falando na vez dos outros atores, Augusto ficou aliviado ao interpretar com Mary e Vilaça a última cena do primeiro ato.

Quando as cortinas correram, Augusto voou para o camarim. Arrancou o paletó. Suara litros. No corredor ouviu o assistente dizer que a recepção fora fria, poucas palmas. Bateram na porta. Abriu.

— Pai!

Fazia anos que Augusto não via o pai mal-humorado. Empurrou o filho para dentro do camarim e fechou a porta. Uma fera!

— O que está acontecendo com você?

— O que está acontecendo?

— Conseguiu decepcionar até sua namorada — berrou.

— Estou tão mal assim?

— Você está perdido no palco, olha aos outros como se pedisse desculpas pela má interpretação. Se você não reagir no segundo ato terá encerrado sua carreira logo na estreia. Sabia que era inexperiente, mas os outros também são e não estão fazendo feio. — Após uma pausa nervosa disse em tom de quem implora: — Por mim, por sua mãe, pelo diretor do colégio, mexa-se, interprete, mostre de quem é filho. Soube que aquele canalha do Duarte deu o sumiço porque já esperava seu fracasso. Isso não o estimula? Reaja, rapaz! Não nos envergonhe!

Quando seu pai saiu do camarim, Augusto sentou-se. Paulo entrou em seguida.

— O que seu pai disse?

— Quer me dar conhaque?

— É uma bebida forte, derruba.

— Só um gole.

Paulo, que trazia um frasco chato no bolso traseiro das calças, passou-o a Augusto.

— Chega — disse ele. — Está bebendo muito. Disse só um gole.

Augusto devolveu o frasco.

– Obrigado.

Mary surgiu na porta.

– Vai começar o segundo ato. Depressa, Augusto.

Ao entrar no palco para o ato final Augusto não sentiu falta de ar, mas viu que tudo ao seu redor balançava como se estivesse num navio no meio duma tempestade. A primeira fala que disse, tão baixa, não foi ouvida por Nando. E no diálogo com ele saltou frases indispensáveis para a compreensão do conflito proposto. Sentou-se quando devia caminhar. Chamou Mary pelo seu verdadeiro nome e não pelo de Diana, a personagem, o que fez alguns espectadores rirem. Diante dele, Vilaça, sem que ninguém ouvisse, ordenou: "ande, saia da poltrona".

Augusto levantou-se percebendo que o navio da tempestade ameaçava soçobrar. O estômago doía mais que antes, sofria um calor infernal, as pernas estavam anestesiadas e voltava a faltar-lhe ar. Já não interpretava nada e não dava para calcular o número de frases que saltara.

Sentada na primeira fila a mãe de Augusto apertou a mão do marido. Santana, o autor, com o *smoking* que mandara fazer para a ocasião, abandonava o auditório. Geraldo sentado atrás do casal observou que a má interpretação de Augusto preocupava a todos. Não era um espetáculo fraco, era um desastre.

– O que se deve fazer? – perguntou Antunes a um dos membros da diretoria a seu lado. – Mandar fechar as cortinas?

Augusto, numa cena com Mary e Vilaça, os dois excelentes, fez um último esforço para entrosar-se na peça e vencer as dores e sensações que sentia. Disse algumas falas em tom correto, moveu-se com alguma desenvoltura, e quando atores e espectadores pensavam que seu desempenho cresceria, não viu mais nada e despencou ruidosamente no palco.

Enquanto no palco os atores observavam petrificados, na plateia os espectadores se ergueram. As primeiras pessoas que chegaram aos bastidores foram Roberto Marques, o diretor Antunes e o médico do colégio.

Uma hora depois do dramático desfecho de *O homem que veio para resolver*, seu ator principal, Augusto Marques, chegava ao hospital em estado de coma. Nos corredores alunos e professores do colégio, Roberto Marques, sua mulher e todos os artistas que estavam assistindo à estreia circulavam nervosamente à espera do primeiro laudo médico. Soninha e Mary choravam. Lauro também compareceu abatido como se ele e Augusto fossem velhos e queridos amigos.

Afinal uma porta se abriu e dela saíram três médicos que se dirigiram a Roberto Marques.

– Ainda não acordou – disse um deles.

– Mas foi apenas um desmaio?

– Está parecendo coisa grave – respondeu o médico. – Mas ainda faremos novos exames. Aconselho aos senhores a irem descansar. De nada adianta permanecerem aqui.

Augusto Marques continuou em estado comatoso aquele dia, o dia seguinte, a semana inteira. Então os médicos, reunidos, usaram da máxima franqueza.

– Todos os recursos da ciência já foram usados. Agora é só esperar por uma reação natural.

A mãe de Augusto, que fora uma heroína de olhos secos em todo esse período, chorou pela primeira vez.

BIOGRAFIA

Marcos Rey, pseudônimo de Edmundo Donato, nasceu em São Paulo, 1925, cidade que sempre foi o cenário de seus contos e romances. Estreou em 1953 com a novela *Um gato no triângulo*. Marcos Rey faleceu em abril de 1999. Suas cinzas, transportadas em um helicóptero, foram espalhadas sobre São Paulo, cidade que consagrou em suas obras.
O mistério do 5 estrelas, *O rapto do Garoto de Ouro* e *Dinheiro do céu*, entre outros, além de toda a produção voltada ao público adulto, passaram a ser reeditados pela Global Editora.